读客三个圈经典文库

经典就读三个圈　导读解读样样全

凡尔纳过去是，现在仍然是科幻的代名词，他的作品充满科幻最本原的精神，以纯真和明丽的笔触，表现了对大自然的好奇心和探索的愿望，以及用新技术创造新世界的激情，成为一代又一代人科幻想象力起飞的地方。凡尔纳想象的未来技术大多已经变为现实，但他的科幻小说却经受住时间的考验，拥有越来越大的魅力。

2018.7.22

刘慈欣，中国科幻文学里程碑式的人物。

2015年8月23日，他凭借科幻小说《三体》获得第73届雨果奖最佳长篇故事奖，这是亚洲人首次获得雨果奖。

刘慈欣在采访中多次坦言凡尔纳是他科幻想象的起点，他读的第一本科幻小说，正是凡尔纳的《地心游记》。

凡尔纳科幻经典

地心游记

[法]儒勒·凡尔纳 著

张乔玟 译

读客三个圈经典文库

经典就读三个圈　导读解读样样全

江苏凤凰文艺出版社
JIANGSU PHOENIX LITERATURE AND
ART PUBLISHING

Voyage au centre de la Terre

Jules Verne

CINQ SEMAINES

EN BALLON

VOYAGE AU CENTRE DE LA TERRE

PAR

Jules VERNE

VOYAGES EXTRAORDINAIRES

EDITION J.HETZEL.

1864年法国首版封面。

《地心游记》是儒勒·凡尔纳的一部探险小说。小说首次出版于
1864年，附有57幅由Édouard Riou绘制的精美插画。由于年代久远，原版
插画大多无法达到印刷标准，本书精选了最具观赏值的8幅进行细描。

第一章

1863年5月24日，一个星期天，我的叔叔李登布洛克教授急匆匆返家。那是一栋坐落于国王街十九号的小屋，而这条街是汉堡旧城区里最古老的街之一。

女仆玛特一定以为自己午餐做得晚了，因为食物这会儿才开始在炉子上滋滋作响。

"好哇，"我自言自语，"这世上就属叔叔的性子最急，他要是饿了，一定会心急得大叫。"

"李登布洛克先生现在就回来了啊？"玛特把饭厅的门微微打开一条缝，惊愕地喊道。

"是啊，玛特。不过午餐还没准备好是应该的，现在都还没两点呢。[1]圣米歇尔教堂的钟才刚敲过一点半的钟声。"

"那李登布洛克先生为什么回来了呢？"

"他可能会告诉我们原因吧。"

"他过来了！我先走了，艾克赛先生，您再跟他解释解

---

[1] 法国人的午餐时间较晚，通常为下午两点到三点。——译注（如无特别说明，本书中注释均为译注）

释。"

玛特又回到她的厨房去了。

剩下我一个人。要我这种优柔寡断的人去跟一位脾气火暴的教授讲道理，我可做不来。因此我也准备走为上策，溜回楼上的小房间。这时面向大街的那扇门"呀"的一声开了，紧接着一双大脚踩得木头阶梯嘎吱作响。这栋房子的屋主穿过饭厅，急着赶回他的书房。

但是，就在这迅雷不及掩耳的过场中，他不忘把核桃钳状杖头的手杖扔进角落，把翻毛大帽子丢上餐桌，然后声如洪钟地冲着侄儿喊："艾克赛，跟我来！"

我都还来不及移动，教授已经用充满不耐的尖锐口气吼着："怎么？还不来？"

我马上冲进我家那个凶神恶煞老爷的书房里。

奥图·李登布洛克人不坏，这我也知道，但是除非有什么神迹降临，否则他至死都是个大怪胎。

他是约翰学院[1]的教授，教的是矿物学。他在课堂上往往要发一两顿脾气，倒不是因为他在意学生用功与否，也不是在意他们听课专不专心，更不是在意他们将来能否功成名就。

这些细节他一概漠不关心。套句德国哲学家的说法，他是"凭主观"在上课，为己不为人。这位自私的学者好比一座科学之井，只是你想从这口井打水上来的时候，滑轮会运转不畅，吱嘎作响。换句话说，他是个吝于分享的小气鬼。

德国一些教授都是这样的。

---

1 约翰学院（Johanneum）于1529年由神学家约翰尼斯·布根哈根（Johannes Bugenhagen，1485—1558）创立，是汉堡最古老的学校。

可惜的是叔叔口才并不好，私底下还行，但是公开说话时问题就来了，对一个靠演讲为生的人而言，这真是个令人惋惜的缺点。的确，这位教授在讲课的时候，话常常讲到一半便硬生生打住，和某个死不肯从他嘴里溜出来的倔强字眼奋战。那些字在他嘴里挣扎、膨胀，最后以不太科学的诅咒言语脱口而出。然后他大发雷霆。

而矿物学里面有许多掺杂了希腊文和拉丁文的名词，极其拗口，许多名词艰涩到能磨破诗人的嘴皮子。我不是要说这门科学的坏话，绝对不是。但是无论谁碰上"菱形六面结晶体""化石树脂""钙铝黄长石""钛辉石""钼铅矿""黑钨矿"和"钙钛矿"，最灵活的舌头只怕也要打结。

城里的人都知道叔叔这个值得原谅的毛病，老拿这一点来欺负他，等他讲到最容易出错的段落开始发脾气的时候，他们就出声讪笑。就算对德国人来说，这也不是什么有格调的事。尽管总是有莘莘学子来上李登布洛克教授的课，但许多一来再来的人是特地来看教授发威动怒，寻开心的。

无论如何，叔叔是一名真材实料的学者，要我说几遍都行。虽然他有时候过于粗暴，实验的时候弄坏样本，但他却结合了地质学家的天分与矿物学家的锐眼，运用锤子、钢钉、磁针、吹管以及那瓶硝酸，可是很有两把刷子的。从一颗矿石的断口、外表、硬度、熔性、声音、气味、滋味，他就能毫不迟疑把它归入至今为止发现的六百种矿石之中的某一类。

因此李登布洛克在全国的学校及协会中声名显赫。亨佛莱·达维[1]及洪堡[2]、富兰克林及萨宾[3]几位都不忘在路过汉堡时登门拜访。贝克勒尔[4]、艾贝尔曼[5]、布鲁斯特[6]、杜马[7]、米尔恩-艾德华[8]、圣克莱尔-德维尔[9]这几位，喜欢拿最引人入胜的化学难题来向他请益。拜他所赐，这门学科才有辉煌的发现。而且他在1853年于莱比锡出版了《超越晶体学论文》这本内附全页插图的大开本专著，不过落了个惨赔的下场。

此外，叔叔还担任过俄国大使斯特鲁维先生的矿物博物馆馆长，该博物馆的馆藏享誉全欧。

急不可耐地呼叫我的人就是这位。诸位不妨想象一个男人高高瘦瘦，腰强腿健，一头青春洋溢的金发，模样比实际的五十好几还年轻了十岁。他的大眼睛在厚重的镜片后面骨碌碌转着，一管细长的鼻子好似锋利的刀片，有些坏心眼的人甚至说他的鼻子是磁铁，吸得起铁屑。这完全是诽谤，他只吸鼻烟而已，不过烟瘾很大倒是真的。

附带一提，叔叔迈开的一步约莫一米。他走路时双手握拳，说明他性情急躁，怪不得没人喜欢他的陪伴。

---

1 亨佛莱·达维（Humphry Davy，1778—1829）是英国化学家，也是发现化学元素最多的人，被誉为"无机化学之父"。
2 亚历山大·封·洪堡（Alexander von Humboldt，1769—1859）是德国地理学家、生物学家、人类学家。
3 分别指英国探险家约翰·富兰克林爵士（John Franklin，1786—1847）及天文学家艾德华·萨宾（Edward Sabine，1788—1883）。
4 亨利·贝克勒尔（Henri Becquerel）是法国物理学家。
5 艾贝尔曼（Jacques-Joseph Ebelmen，1814—1852）是法国矿业工程师。
6 戴维·布鲁斯特（David Brewster，1781—1868）是苏格兰物理学家。
7 杜马（Emilien Dumas，1804—1870）是法国地质学家、古生物学家。
8 米尔恩-艾德华（Henri Milne-Edwards，1800—1885）是法国生物学家。
9 圣克莱尔-德维尔（Sainte-Claire-Deville，1818—1881）是法国化学家。

他在国王街上的这栋小房子，是一座半木造、半砖造，有锯齿状山墙的住宅。幸免于1842年大火的汉堡旧城区中，有许多弯弯曲曲的运河纵横交错，这栋房子就面对着其中一条。

这栋老房子格局不够方正，的确，它朝着行人凸出肚子，屋顶歪斜一边，宛如道德协会[1]学生的帽子。虽然垂直线条有待加强，但是整体而言，它很牢固，这全得感谢一棵老榆树，强劲地嵌入房屋正面，春天时花苞还会伸进窗子里来。

对一名德国教授而言，叔叔算得上富有。这栋房子的里里外外，全都属于他。房子里头住了他的教女，十七岁的维尔兰[2]少女歌洛白，女仆玛特还有我。我是他的侄儿，又是个孤儿，自然也当起他实验时的助手来。

我承认我对地质学有浓厚的兴趣，孜孜不倦；矿物学家的血在我的血管里流动，有那些珍贵的石头相伴，我从不无聊。

总之，尽管国王街这栋小房子的主人是个急性子，我们还是活得快快乐乐，因为他待我虽然有点蛮横，但还是很疼爱我。只是那个人不善等待，总是风急火急的。

4月的时候，他在客厅的彩陶花盆里种下木樨草或牵牛花。每天早上他总会去拉拉它们的叶子，以便加速其成长。

碰到这种怪人也只有俯首听命的份儿，所以我三脚两步进入他的书房。

---

1 道德协会（Tugendbund）是活跃于1808至1815年间的一个德国秘密团体，旨在颂扬德国民族品德，并将普鲁士从法国手中解救出来。
2 维尔兰（Vironian）是芬兰的一支族裔，后来建立了爱沙尼亚。

第二章

　　叔叔这间书房是不折不扣的博物馆，集齐了整个矿物界的样本。这些样本分成易燃、金属和岩石三大类，全都依照最严谨的顺序被贴上卷标。

　　我多熟悉矿物学里的这些小玩意儿啊！有时候我反而不和同龄男孩们厮混，就爱替这些石墨、无烟煤、烟煤、褐煤、泥炭掸灰尘。沥青、树脂、有机盐可沾不得半点灰尘啊！还有从铁到黄金这些金属，它们同样身为样本，所以没有价值高低之别！另外那些石头，都足够再盖一栋国王街房子了，我看再多加一间漂亮的房间也没问题，那可就称了我的意啦！

　　但是进入书房时，我的心思几乎不在这些宝贝上面，全让叔叔独占了。他沉沉地坐在那张乌得勒支绒布[1]大扶手椅里，手里捧着一本书，正在仔细欣赏，赞不绝口。

　　"好书！好书啊！"他叫喊。

　　听他这么一喊，提醒了我——李登布洛克教授闲暇之余还是

---

1 一种以羊毛代替丝绒的天鹅绒布，最早在17世纪末的乌得勒支（Utrecht）制作，故名之。

只书虫。但是一本书除非是稀世罕见或天书，他才觉得有价值。

"怎么？"他对我说，"看不出来吗？这是无价珍宝啊，我今早在犹太人赫维留的店里寻宝的时候碰上的。"

"这么好！"我装出一副很热衷的样子。

这本书的书背、封面和封底看起来都是粗劣的小牛皮所制，还吊着一条褪色的书签带，这样一本老旧泛黄的四开本书有什么值得大惊小怪的？

但是教授仍兀自赞叹个没完。

"看，"他自问自答，"挺漂亮的是吧？是啊，真值得赞赏！瞧这装帧做得多精致！容易翻页吗？很容易，因为无论翻到第几页，书本都能维持敞开呢！那合得牢吗？牢！因为封面和内页能服帖地合而为一，密不可分。然后这书背啊，过了七百年都没有出现一丝裂痕！啊！这样的装帧，就是博泽里昂、克罗斯或是毕尔戈[1]也会引以为傲的啊！"

叔叔嘴巴上说，手还不忘开开合合这本老书，我只好向他询问这本书的内容，尽管我没什么兴趣。

"这么美妙的书，书名是什么呢？"我用一种太过热切，一看就知道是假惺惺的殷勤问道。

"这本著作吗？"叔叔回答得很兴奋，"是斯诺尔·涂鲁森[2]的《王纪》[3]，他是12世纪有名的冰岛作家啊！这是统治冰岛的挪威诸王编年史！"

---

1 三人皆为装帧大师。
2 斯诺尔·涂鲁森（Snorre Turleson）是作者虚构的名字，灵感来自12世纪的冰岛历史学家、诗人斯诺里·斯涂鲁森（Snorri Sturluson）。
3 《王纪》（*Heims-Kringla*）是斯诺里·斯涂鲁森大约于1225年在冰岛写就的，它失踪了四百年之后才又出现。

"真的啊！"我尽可能让声音听起来像惊叹，"这么说，这一定是德文译本啰？"

"啐！"教授的反应很激烈，"译本！我要译本做什么？这是冰岛原文版！这美妙民族的语言既丰富又简单，有多样化的语法，单字可多重变化！"

"就跟德文一样嘛。"我很高兴能话中带刺。

"对，"叔叔耸耸肩，"更别说冰岛语像希腊语，有三种性别，又同时像拉丁语，专有名词必须按照性、数、格变化！"

"哦！"我原本不关己事的心态这下有点动摇了，"那这本书的字体漂亮吗？"

"字体！谁跟你讲到字体啦！可怜的艾克赛！不过这书的确跟字体有关！哈！你以为这是印刷书吧？这是手抄本哪，傻瓜，还是古代北欧字母手抄本！"

"古代北欧字母？"

"对！要我跟你解释这词的意思吗？"

"不劳您费心了。"我的口气就像个被伤到自尊心的人。

但叔叔继续更加起劲地教导我一些我一点都不想懂的东西。

"古代北欧文字呢，"他接着说下去，"是冰岛过去使用的一种书写文字，而且相传是奥丁[1]本人创造的！所以仔细看，好好欣赏，你这叛逆的小子，这些文字都出自神祇的想象力啊！"

的确，我一时语塞，正准备膜拜这本书（这是那种可以讨好天神或君王的响应，因为没有人不喜欢受人一拜的），此时一桩意料之外的事件转移了我们的话锋。

---

1 北欧神话中的主神。

一张脏兮兮的羊皮纸从书页里滑出来，飘到地上去。

叔叔急巴巴地往这张小纸片扑过去，他那副饥虎扑食的德性是很容易理解的。一份自久远以来被封在古书里的老旧文件，在他眼中必然价值连城。

"这是什么？"他大声说。

说话的同时，他把一块长约十三点五厘米、宽约八点一厘米的羊皮纸小心翼翼地摊平在桌上。一排如咒文般难解的文字横列在羊皮纸上。

下面的符号就是我一笔不漏誊录下来的内容。我坚持要让大家看见这些奇形怪状的符号，因为它们带领李登布洛克教授和他的侄儿进行了一场19世纪最奇异的远征。

教授审视这一连串文字半晌，接着推高眼镜说："这是古代北欧文字。这些字形都跟斯诺尔·涂鲁森的手稿一模一样！可是……这会是什么意思呢？"

我觉得古代北欧文字是学者为了愚弄平民大众而创造出来的一种文字，所以我并不会气叔叔对此一无所知，但显然这样想的只有我而已，因为叔叔的手指剧烈地颤抖了起来。

"明明是冰岛古文啊！"他切齿呢喃道。

李登布洛克教授应该看得懂的，因为他是语言天才。我并不是指他能把地表上使用的两千种语言以及四千种方言说得很流利，但他至少懂得其中很大一部分。

碰到这个难题，他就快要急火攻心了，我预见一场发指眦裂的场面，这时壁炉上的钟敲了两下。

玛特旋即打开书房的门，说："汤好了。"

"去他的汤，"叔叔吼道，"煮汤的、喝汤的，统统下地狱去！"

玛特落荒而逃。我飞步追在她后面，然后不知怎的，我就坐在餐厅的老位子上了。

我等了一会儿，教授还不来。就我所知，这是他第一次错过吃饭这种盛事。然而这顿饭多美味可口啊！西洋芹浓汤、豆蔻酸模[1]煎火腿蛋卷、李子酱小牛腰肉，甜点则是糖渍虾，再加上一瓶莫塞尔产的美酒佐餐。

叔叔就要为了一张旧纸，付出这个代价。的确，我觉得身为他忠诚的侄儿，我有义务要帮他和自己吃。我也老大不客气地做了。

"我从来没见过这种事！"玛特说，"李登布洛克先生竟然不吃饭！"

"真是难以置信。"

"这预言有大事要发生了！"年老女仆点点头说。

---

1 酸模，蓼科多年生草本植物，尝起来有酸溜口感，常被作为料理调味用。

在我看来，这算哪门子预言，除了叔叔发现他的午餐被吃个精光时会大发雷霆之外。

正在吃最后一尾虾子时，一道震天价响的声音把我从吃甜食的心荡神驰中震了出来。我马上跳了起来，从餐厅蹦到书房里去了。

第三章

　　"这当然是古代北欧字母，"教授蹙着眉头说，"但是里面暗藏玄机，我一定会找出来，不然……"

　　他用一个激烈的手势终止他的思绪。

　　"你去坐在那里写。"他补充，用拳头指示我到桌子那边去。

　　我一下子就准备就绪。

　　"现在我要用德文念出每个对应这些冰岛文字的字母，你记下来，我们再看看有什么结果。

　　"不过我以圣米迦勒[1]之名提醒你，你可别给我写错了！"

　　听写开始，我尽了全力。逐一被念出来的字母组成以下一连串无法理解的字：

---

1 《圣经》中大天使的名字。

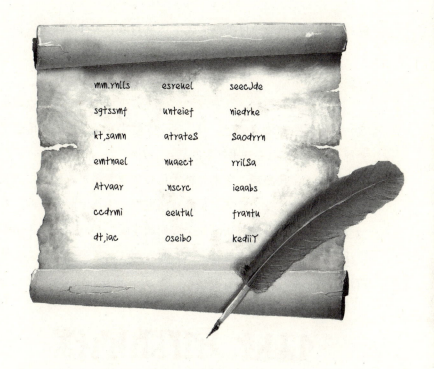

mm.rnlls	esreuel	seecↃde
sgtssmf	unteief	niedrke
kt,samn	atrateS	Saodrɣn
emtnael	nuaect	rɣilSa
Atvaar	.nscrc	ieaabs
ccdrmi	eeutul	frantu
dt,iac	oseibo	kediiϒ

我一写完，叔叔便用力抽走我刚写好的纸，专心地审视良久。

"这是什么意思？"他下意识地又说了一遍。

天地良心，我可什么都不知道。不过他也没问我的意思，继续喃喃自语："这就是人称密码的东西，"他说，"真正的意思藏在这些刻意打乱的字母里头，如果能适当排列，就会组成可堪理解的句子来了！里面或许有某个重大发现的说明或提示哩！"

在我看来，我想里面什么都没有，但是我谨慎地管住了舌头。然后教授拿起书和羊皮纸，两相比对。

"这不是同一个人的字迹，"他说，"密码比书的时代还晚，而且我马上就看到一个不容置疑的证据。密码的头一个字母是双M，这在涂鲁森的书里是看不到的，因为这个字母要一直到14

世纪才被加入冰岛字母里。因此手抄本和这份文件之间至少相隔了两百年。"

我承认这话听起来还蛮有道理的。

"所以我联想到，"叔叔继续说，"应该是这本书的收藏者之一写下这些神秘的文字。但是这个收藏家究竟是谁呢？他会不会把自己的名字写在这手抄本的某处上呢？"

叔叔扶了扶眼镜，拿来一把大倍数的放大镜，查看起书的头几页。他在第二页，即书名页的背面发现一种污渍般的东西，看似墨迹。他凑近一看，认出几个模糊的字眼。叔叔知道那正是值得注意的地方，于是借助放大镜，对着那块污迹死缠烂打，终于辨识出以下的符号。他随即流畅念出这几个古代北欧文字。

"亚恩·萨克努森！"他用胜利的口吻大叫，"这是人名哪，还是个冰岛名字。这个人是16世纪著名的学者，也是炼金术士！"

我不禁有些钦佩地看着叔叔。

"这些炼金术士，"他继续说，"像阿维森纳[1]、培根[2]、卢尔[3]、帕拉塞尔苏斯[4]，是他们那个时代里唯一货真价实的学者。他们的发现可都是令我们大吃一惊的呢。那么这位萨克努森，又怎

---

1 阿维森纳（Avicenna，980—1037）是波斯哲学家、医生。
2 罗杰·培根（Roger Bacon，1214—1294）是英国哲学家、炼金术士。
3 拉蒙·卢尔（Raymond Lulle，1231—1349）是出生于马洛卡王国的加泰罗尼亚作家、神学家。
4 帕拉塞尔苏斯（Paracelsus，1493—1541）是一位瑞士医生、炼金术士。

么不会把某项惊人的发明，藏在这个无法理解的密码背后呢？应该是这样的。一定是。"

这个假设点燃了教授的想象力。

"一定是的，"我大起胆子问，"不过这位学者把某个巧妙的大发现这样子暗藏起来有什么意思呢？"

"为什么？为什么？呃，我怎么知道？伽利略不也隐瞒了土星的存在吗？更何况，我们到时候就知道了；我一定会解开文件里的秘密，我要不吃不睡，直到猜出来为止。"

"哦！"我暗暗叫苦。

"你也是，艾克赛。"他又补上一句。

"真要命！"我对自己说，"幸好我刚吃了两人份！"

"首先，"叔叔说，"我们必须找到这个'暗码'所使用的语言。这应该不会太难。"

听到这句话，我猛地抬起头来。叔叔又开始自言自语："甚至简单得很。这张纸上面有一百三十二个字母，其中有七十九个子音，五十三个元音。南方语系就大致是按照这个比例组成的，而北方语系的子音就丰富太多了。所以这是南方的语言。"

这个结论非常合情入理。

"那是什么语言呢？"

此刻我等着我的学者回答，因为我发现他有很精辟的分析能力。

"这个萨克努森，"他说下去，"是个饱学之士，他若不用自己的母语书写，应该会偏好选择16世纪文人之间通用的语言，我指的就是拉丁语。我如果搞错了，大可以换西班牙语、法语、意大利语、希腊语、希伯来语来试试看。但是16世纪的学者通常以拉丁语书写，所以我显然能够说这是拉丁语。"

我从椅子上弹了起来。这一连串古里古怪的文字竟然会是弗吉尔[1]那温柔似水的语言？熟谙拉丁语的我，在心中排斥起这个说法。

"对！是拉丁语，"叔叔继续说下去，"不过被打乱了。"

"管他的！"我心想，"如果您能重新整理好顺序，那才叫本事呢，叔叔。"

"咱们来仔细看看，"他说，拿起那张我写过的纸，"这一百三十二个字母显然乱七八糟。有些字只有子音，像第一个字'mm.rnlls'，其他却反而有大量的元音，例如第五个字'unteief'，或是倒数第二个字'oseibo'。不过这些字母的排法明显不是根据正确的语法；它是依照某个未知的规则精心排列的，这个规则支配了这些字母的排序。我觉得可以确定的是，原句是正常地被写下来，然后根据一个我们非找出来不可的规则颠倒次序。持有开启'暗码'钥匙的人就能顺畅地读出来。只是这把钥匙是什么呢？艾克赛，你有吗？"

这个问题不用说也知道我答不上来。我的目光停留在墙上一张迷人的照片上，那是歌洛白的肖像。叔叔的教女正在阿尔托纳[2]她的一个女眷家中，她不在家让我非常难过，因为我现在可以大方承认，娇美的维尔兰姑娘和教授侄儿两情相悦，就像德国人谈恋爱那样充满耐性，平心静气。我们背着叔叔私订终身，他这个彻头彻尾的地质学家是没办法体会这种感情的。金发碧眼的歌洛白是个迷人的少女，个性有点严肃，观念实事求是，但她很喜爱我。至于我对她，可以说是爱慕了，如果条顿语里面有这个说法

---

1 弗吉尔（Virgil）是古罗马诗人，他的诗歌据称流畅优美，几至完美的地步。
2 阿尔托纳（Altona）是汉堡的最西区。

我得看看这个方法会得出什么结果。艾克赛，在这张纸上随便写一个句子，但不要一个接一个排列这些字母，而是依次由上往下写下来，写成五六行。

的话！我那维尔兰佳人的倩影将我拉出现实世界片刻，进入幻想世界，走入回忆里。

我眼前浮现那位于公于私都是我忠诚伙伴的女子。她每天都会帮我整理叔叔那些珍贵的矿石，和我一起贴上标签。歌洛白小姐真是一位非常厉害的矿石学家！她最爱钻研这门科学里的难题。我们一同学习，共度了多少甜蜜的时光啊！望着那些被她的迷人双手把玩的麻木石头，我又有多常心生羡慕！

接着是休息时间，我们相偕出门，取道阿尔斯特河[1]边翁郁的林荫道，结伴前往涂了柏油防水的旧磨坊，它矗立在湖的尽头，衬托得风景更加优美。一路上我们携手闲聊，我告诉她一些趣事，逗得她开怀大笑。我们就这样子走到易北河畔，然后向在白色大睡莲之间游水的天鹅道过晚安之后，搭乘汽船返回码头。

我正在白日梦中，这时叔叔的拳头突然捶在桌子上，把我带回了现实。

"我们来看看，"他说，"我想一般人要打乱一个句子里的字母最先想到的，是把每个字由上往下写出来，而不是由左至右。"

"呦！"我暗自惊奇。

"我得看看这个方法会得出什么结果。艾克赛，在这张纸上随便写一个句子，但不要一个接一个排列这些字母，而是依次由上往下写下来，写成五六行。"

我听懂了他的意思，旋即由上至下写了：

---

1 阿尔斯特河（Alster）是德国北部的一条河流，源于什列斯威—霍尔斯坦（Schlewig-Holstein），注入易北河。

"好，"教授看都不看就说，"现在把这些字横排。"

"好极好极！"叔叔说，把纸从我手上扯过去，"现在有那份古老文件的样子了：元音和子音都一样凌乱，字的中间连大写字母、逗点都有，跟萨克努森的羊皮纸一模一样！"

我忍不住觉得他的想法非常巧妙。

"但是，"叔叔继续对着我讲，"要读你刚才写下的我不晓得内容的句子，我只需要逐一拿出每个字的第一个字母就够了，然后是第二个，接着第三个，以此类推。"

然后叔叔就念了出来。这一念让他诧异非常，而我更是吓了一跳：

Je t'aime bien, ma petite Graüben !

（我好爱你，我的小歌洛白！）

"什么！"教授说。

没错，我这恋爱中的傻蛋不知不觉写下这种会毁人清誉的句子来！

"啊！你爱歌洛白！"叔叔说，口气就像个真正的监护人！

"对……不……"我支支吾吾说。

"啊！你爱歌洛白，"他下意识地重说一遍，"呃，好吧，我们还是把我的方法应用在眼前这份文件上好了！"

叔叔又回头专心沉思，我一时失慎的告白已经被抛到脑后了。我之所以认为此事失慎，是因为学者不解风情，所幸他的心思都让神秘文件这么重大的事占据了。

就在李登布洛克教授进行他那关键的试验时，他的眼睛透过镜片迸出精光。他重新拿起那张老羊皮纸的手指在颤抖，想必心绪澎湃。最后他剧烈地咳嗽起来，再以低沉的嗓音连续念出每个字的头一个，然后是第二个字母。我记下他对我念出来的一连串文字：

我承认自己在句子快要结束的时候，开始心跳耳热。这些接连念出来的字母对我丝毫不具意义，因此我等着教授堂皇地吐出一句漂亮的拉丁文。

但是结果谁又能预测呢？叔叔重拳捶下，书桌一阵摇撼。墨水四溅，羽毛笔从我手中跳出。

"这不对！"叔叔大叫，"没有意义啊！"

紧接着，他像一颗炮弹飞出书房，雪崩似的冲下楼梯，急匆匆走上国王街，飞奔而去。

第四章

　　"他出门了吗？"玛特惊喊。她听到前门猛烈摔上的声音跑了过来，那声音震得整栋房子摇摇晃晃。

　　"对！"我答道，"走得连人影都不见了。"

　　"那他的午餐怎么办？"老女仆问道。

　　"不吃了！"

　　"晚餐呢？"

　　"也不吃了！"

　　"怎么会？"玛特双手合十。

　　"他不吃，好玛特，他再也不吃饭了，这个家里的人也不准吃！李登布洛克叔叔要我们全体禁食，直到他破解一道绝对解不开的古老谜题为止。"

　　"老天！所以我们只得饿死了！"

　　我不敢承认和我叔叔那样专制的人一起，这是极有可能的下场。

　　老女仆惊恐万分，一路唉声叹气地回到厨房去。

　　剩下我独自一人时，我动了一个念头，想一五一十对歌洛白倾诉。但是我要怎么离开家？教授随时都会回来。如果他叫我呢？要是他想再接再厉这个连老俄狄浦斯[1]都束手无策的文字游戏怎么办？万一我没回应他的召唤，下场会如何呢？

我看还是留下来比较明智。正好贝桑松的一位矿物学家刚寄了一批硅晶洞来，必须分类。我开始干活。我挑拣，贴标签，把这些内有小水晶晃动的中空矿石全部摆进收纳它们的玻璃柜里。

但这个工作并未让我排除杂念。说也奇怪，那份古老的神秘文件让我耿耿于怀。我的脑子里翻江倒海，我感到一波忧虑席卷过来。有种大难即将临头的预感。

一个小时过后，晶洞都按照顺序陈列架上，然后我躺在那张大乌得勒支绒布扶手椅，头往后一仰，垂荡着双臂。我点燃弧形烟管的长烟斗，烟锅[2]上雕着玉体横陈的慵懒水神。我看着水神逐渐被烟熏成黑人的过程，借以自娱。我偶尔竖耳倾听楼梯间是否有脚步声回响，不过没有。叔叔人现在会在哪里？我幻想他正在阿尔托纳车马大道上丰美的树下狂奔，指手画脚，用他的手杖痛击墙壁，一只手猛拍青草，将蓟花断头，惊扰休憩中的孤独送子鸟。

他会凯旋，还是丧气而回呢？谁会胜出？是密文还是他呢？我一边自问，一边下意识地用指尖夹起那张纸，上头列有我写下的一连串费解的字母。我一再说着："这是什么意思呢？"

我打算以造字的方式结合这些字母。不可能！无论是将它们两个两个或三个三个、五个五个或是六个六个组合起来，都绝对无法得出任何可堪理解的内容来。的确，第十四个、第十五个和

---

1 俄狄浦斯（Odipus）是希腊神话中的底比斯国王。他为了帮底比斯人解困，破解了人面狮身兽的谜题，故以此比喻善于解谜的人。
2 装在旱烟袋顶端用以盛烟叶的用具。多用铜或其他金属制成。

第十六个字母组合成英文的ice，而第八十四个、第八十五个和第八十六组合成sir。最后，在文件中间第二跟第三行的地方，我也注意到rota、mutabile、ira、nec、atra这些拉丁字。

"见鬼了，"我心想，"最后这几个字似乎说明叔叔对文件使用语言的推测是有道理的！甚至在第四行，我还注意到luco这个字，可以翻译成'圣林'。不过我们也确实在第三行读到希伯来文tabiled这个字，而最后一行有mer、arc、mere这些纯法文字。"

我快被逼疯了！这荒谬的句子里有四种不同的语言！在"冰""先生""愤怒""残酷""圣林""变动""母亲""弓"或"海"这些字词间会存在着什么关联？只有第一个和最后一个可以轻易做出联想，在写于冰岛的文件里出现"冰海"，没什么好惊讶。但是靠这么一点线索去解开余下的密码，就是另外一回事了。

我和一个费解难题奋战起来。我的脑袋发热，双眼眨巴盯着这张纸；那一百三十二个字母似乎围着我飞来飞去，就像血脉偾张的时候，绕着我们的头在空中滑行的银珠。

我眼前仿佛金星乱冒。感觉气闷，急需空气。我下意识拿那张纸来扇风，纸张的正反面相继呈现我的眼前。

在某一次快速翻动中，纸背转向我的时候，我大吃了一惊，我认为自己看见了清楚可辨的拉丁字眼，特别是craterem和terrestre！

我脑子里灵光一现，这仅有的线索让我隐隐约约窥见真相，我发现密码的规则了。要读懂这几句密文，甚至不必透过纸背阅读！不。就按照原状，照我听写下来的，照它被拼出来的模样。教授想出来的每个聪明解法都得到验证了，他说中了字母的排法，也说对了文件使用的语言！他什么都不需要，就能从头把这拉丁句子念到尾，而这个窍门，刚刚碰巧让我找到了！

可想而知我有多激昂！我的视线模糊，看不清楚。我把纸摊平在书桌上。我只消瞄一眼就能成为秘密的主人。

最后我总算安抚了激动的情绪。我逼自己绕着房间走两圈来镇定神经，然后回来沉沉落座在那张大扶手椅里。

"来读吧。"我深深吸进一口气之后，对自己喊话。

我伏在桌子上，手指逐一按在每个字母上面，然后一刻未停，一刻未曾犹豫，我高声朗读整个句子。

顿时我惊骇莫名！我先是震惊呆立了好半天。什么？我刚刚得知的事情，真的有人实现了！竟然有人有那么大的胆子，敢走进那里去！

"啊！"我蹦起来大喊，"不行！不行！这件事不能让叔叔知道！他一定会跑这一趟的！他也会想要尝尝那个滋味！什么都阻止不了他！像他那样志在必得的地质学家，绝对会不顾一切，以身赴险！他还会带我一块儿去，然后我们永远回不来了！再也回不来！再也回不来！"

我的亢奋难以描述。

"不！不！不会这样，"我活力充沛地说，"既然我能阻止这个念头进入我家暴君的脑中，我就该这么做。要是让他拿着这张纸翻来覆去，他总会碰巧发现个中窍门的！还是把它销毁吧。"

壁炉里还有一些余火。我不只抓住了那张纸，还拿起了萨克努森的羊皮纸。我的手瑟瑟打战，正准备把东西一股脑儿丢到炭火上，湮灭这个危险的秘密，此时书房门打开了。是叔叔。

第五章

我只来得及把那份不祥的文件从书桌上移开。

李登布洛克教授看上去似有心事沉思。他的脑袋被霸占了，拨不出空当。想当然啊，他在散步的时候就已经把整件事情都钻研剖析过了，把他的想象力发挥得淋漓尽致，现在回家来应用几个新的破解法。

果然，他坐进扶手椅中，手持羽毛笔，开始列出一些类似计算代数的公式。

我的眼光追随着他战栗的手，没有遗漏半点动作。会不会发生什么出乎意料的结果？我没有理由发抖呀，因为真正的破解法，那个"不二法门"，已经被我拿到手了，再继续找下去一定都只会是白费力气。

在漫长的三个小时内，叔叔头抬也不抬，一声不响地埋首工作，擦掉、重来、划掉再重来，这样子周而复始了上千遍。

我很清楚，如果他依照这些字母能占据的所有位置来排列的话，就能组出这个句子。但我知道就算只有二十个字母，也能构成2,432,902,008,176,640,000个组合。而这些句子里有一百三十二个字母，这一百三十二个字母所能组成的不同句子的数量，至少会有一百三十三位数，几乎不可能列举得出来，数也数不清。

想到解谜的工程这么浩大，我就感到心安。

时间一分一秒地流逝。夜幕刚低垂，街上的喧声一阵弱似一阵。叔叔还在伏案耕耘。他视而不见，无视微微开启书房门的玛特；听而不闻，连这位可敬的女仆问他今晚用餐否的声音都置若罔闻。

一点回应都没有，玛特只好走开。而我在挣扎了一段时间后，被一波击不退的睡意攫住，就在沙发的一头睡着了，叔叔则一直在计算和修改。

当我在次日醒来，那位永远不累的工作狂还在埋头苦干。他的两眼布满红丝，脸色死白，头发在他焦躁的手指下蓬乱纠结，他泛紫的颧骨足以指出他跟不可能之事间的争斗有多惨烈。时间分分秒秒流逝，他苦心孤诣。

真的，我觉得他很可怜。虽然我自认为有理由谴责他万般不是，某种感情还是在我身上蔓延开来。这可怜的男人专心一意，连要生气都忘了。他一股劲儿地钻研。由于他的精力并非透过平常的管道宣泄，我怕紧绷的压力随时都会让他爆发。

我一个动作就能松开他头上的铁箍，只要一句话！我却什么都没有做。

我这是出于善心，否则我为什么要在这种情况下保持缄默呢？还不是为了叔叔好。

"不行、不行，"我再三对自己说，"不行，我不会说的！我了解他，他会想去。什么也阻止不了他。他有活跃的想象力，为了做其他地质学家没做过的事，他可以不惜性命去冒险的。我要闭紧嘴巴，我会守着这个偶然握有的秘密！泄露它就等于杀了李登布洛克教授！他大不了自己猜出来，我可不愿哪天因为引他走向灭亡而自责！"

我心意已决，于是双臂抱胸等着，未料一件意外之事会在数小时之后发生。

那时玛特想上街买菜，却发现大门深锁，而且那把大钥匙不在锁孔上。谁拿走了？当然是叔叔，就在他昨天晚上匆匆出门后返家时。

他是故意的吗？还是不小心？他想要饿死我们吗？这在我看来有些过分了。怎么可以！玛特和我，我们都是局外人，却要跟着受罪？一定是的，因为我还记得一个令人心有余悸的前例。若干年前，叔叔忙着为他的矿物分门别类，因为工程浩大，他保持四十八小时粒米未进，我们全家人只得跟着他发愤忘食。我因此饿到胃痉挛，对一个天生肠胃健旺的男孩而言，这一点儿都不好玩。

我觉得早餐又要像昨天的晚餐那样付之阙如了。不过我决定当个男子汉，不向饥苦屈服。善良的玛特觉得事态严重，十分伤心。至于我，离不开屋子还更令我担忧，原因自不待言。谁都能理解我。

叔叔仍旧在工作，他的思绪在各种解法的理想世界里游走，他离地球远不可及，也没有人类的基本需求。

接近中午的时候，我饿得饥火烧肠。玛特非常无辜地，早就在昨晚把食物柜里的储存食物都一扫而光，家里半点食物都没有了。然而我继续苦撑，不然面子挂不住。

两点的钟声敲响了。事情不只变得很荒谬，甚至令人无法忍受。我的眼睛睁得不能再大。我开始对自己说，我夸大了文件的重要性，叔叔一定不会相信的，他会看出这是一场骗局。就算他还是想去冒险，无论他要不要，我们都会留住他。而且要是让他自己发现"暗码"的钥匙，我岂不白饿一场？

我昨晚愤而摒弃的那些理由，此刻显得充分极了。我甚至觉得等那么久实在是荒谬透顶，我立刻打定主意。

因此我寻思该如何进入正题，不可以过于突兀，这时教授站了起来，戴上帽子，准备出门。

什么？您要出去，然后继续把我们关起来？不可以！

"叔叔！"我说。

他似乎没听见我在叫他。

"李登布洛克叔叔！"我提高嗓门再喊了一次。

"嗯？"他像个突然惊醒过来的人。

"那钥匙？"

"什么钥匙？门的钥匙吗？"

"不是啦，"我喊道，"密码的钥匙！"

教授透过他的镜片看着我。他铁定注意到我神色有异，因为他倏地抓住我的手臂，连话都顾不上说，光用眼神询问我，但是他的意思是表达得再清楚不过了。

我的头从上往下点了点。

他状似怜悯地摇了摇头，仿佛眼前的人是个疯子。

我做了一个更肯定的动作。

他的双眼登时精光灼灼，手抓得更紧了。

在这种情况下，哪怕是最无动于衷的观众，都能让这场哑然的对话勾起兴趣来。我压根不敢吭声，我好怕叔叔一兴高采烈起来，会把我勒死在他怀里。但是他愈来愈急迫，我不回答不行。

"对，这把钥匙！碰巧……"

"你在说什么？"他大叫道，此刻他的情绪难以描述。

"拿去，"我把我写了字的纸拿给他看，"读读看。"

"但是没有意义啊！"他捏皱那张纸，答道。

"从头开始读是没有意思，不过从后面开始的话——"

我话还没说完，教授就大吼一声，严格说不是吼叫，是足以撼动天地的咆哮！他的脑袋豁然贯通，脸色立变。

"啊！萨克努森你这鬼灵精！"他高喊，"所以你一开始就把句子倒着写了吗？"

叔叔急巴巴扑向那张纸，双眼迷蒙，嗓音哽咽，他从最后一个字母往前推至第一个，读完整个句子。

内容如下：

In Sneffels Yoculis craterem kem delibat umbra Scartaris Julii intra calendas descende, audas viator, et terrestre centrum attinges. kod feci. Arne Saknussem.

这几句拙劣的拉丁文可以被翻译为:

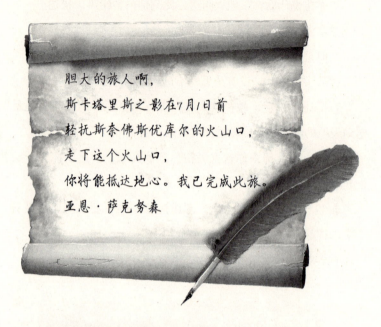

胆大的旅人啊,
斯卡塔里斯之影在7月1日前
轻抚斯奈佛斯优库尔的火山口,
走下这个火山口,
你将能抵达地心。我已完成此旅。
亚恩·萨克努森

　　叔叔一读到这里,仿佛意外触碰到莱顿瓶[1],跳了起来。他一身的胆气、喜悦和信念都让他神色焕发。他来回踱步,抱头,移动椅子,把书叠一叠,还抛扔起他那些珍贵的晶石,简直令人不敢相信。他朝这边捶一下,往那边拍一下。最后,他的神经镇静下来,仿佛过度的精力消耗而形疲神困,落坐在他的扶手椅里。

　　"现在几点了?"他在沉默了一段时间之后问道。

　　"三点。"我回答。

　　"哎呀!我的午餐消化得真快。我饿死了。先开饭,然后……"

---

1 莱顿瓶(Leyden jar)是一种储存静电的器械。

"然后？"

"你来帮我整理行李。"

"什么！"我惊呼。

"还有你自己的！"铁面教授回答，同时走进餐厅。

第六章

　　听完这些话，一阵战栗猛地蹿遍我的全身。不过我强作镇静，甚至决定装出欣然自喜的样子。现在只有科学论据能阻止李登布洛克教授，而反对这种旅行可能性的优秀论证多得是。去地心！什么鬼点子！我把辩证能力保留到适当时机，先专心用餐要紧。

　　没有必要转述叔叔在看见空荡荡的餐桌时，爆了什么粗口。叔叔听完了解释，玛特便重获自由，前往市集。她施展拿手绝活，一小时后我的饥火就被扑灭了，可以专心应付眼下的情况。

　　用餐期间，叔叔心情愉悦，还不由自主开了几个学者间那种无伤大雅的玩笑。吃完甜点以后，他示意我随他进书房。

　　我依言行事。他坐在书桌的一端，我在另一端。

　　"艾克赛，"他的嗓音颇为温柔，"你是个很伶俐的孩子，你在我疲于顽抗，快要放弃思考的时候，帮了我一个大忙。否则我会迷失到哪里去呢？没有人知道！我永远不会忘记，我的孩子。我们即将取得的荣耀，也会有你的一份。"

　　"来吧！"我暗忖，"他现在心情正好，该来谈一谈这份荣耀了。"

"首先，"叔叔继续说道，"我要嘱咐你保守这个机密，听见没有？在这个学者圈里面，不乏嫉妒我的人，很多人会想要走这一趟，他们只有在我们回来以后才能知道这件事。"

"您真相信，"我说，"会有那么多胆大之人吗？"

"那当然！能赢得这样的声誉，谁会犹豫？如果公开这份文件，会有一整支地质学家军队赶着追踪萨克努森的足迹！"

"我可不这么确信，叔叔，因为没有证据能证明这份文件的真实性。"

"怎么会？我们是在书里面发现的！"

"对！我同意这几行字是萨克努森写下来的，但是他真的完成这趟旅行了吗？这张古老的羊皮纸难道不会只是他卖弄的一个玄虚吗？"

最后一句话有点太莽撞，我几乎后悔说出口。教授的浓眉皱了起来，我怕自己弄僵了接下来的对话。幸好没事。我那位严厉的说话对象嘴唇勾勒出某种笑意，答道："我们到时候就知道了。"

"啊！"我有点被激怒了，"关于这份文件，我有一连串的异议，请允许我一吐为快。"

"说吧，孩子，不必拘束。我让你畅所欲言。你不再是我的侄儿，而是我的同事。就这样，说吧。"

"好，首先我想问您，'优库尔''斯奈佛斯'和'斯卡塔里斯'是什么意思？我从来没听说过。"

"那还不简单？我之前正好收到我在莱比锡的朋友奥古斯都·皮特曼送来的一张地图，它来得太是时候了。去把大书架第二排第四格Z行的第三张地图拿给我。"

我站起来。多亏这些精确的指示，我很快就找到教授要的那张地图。叔叔摊开地图，说："这是韩德生绘制，最好的冰岛地图之一，我想它会为我们解答你的所有难题。"

我俯身在地图上。

"你看看这座由火山组成的岛，"教授说，"注意这些火山都叫'优库尔'。这个字在冰岛文里面是'冰川'的意思。冰岛位于高纬度，大部分的火山爆发都是从冰层里挤出来的，因此岛上的每座火山都叫'优库尔'。"

"好吧，"我答道，"但是'斯奈佛斯'是什么？"

我期待这个问题没有解答。我错了，叔叔接话道："跟着我到冰岛的西岸。你看到首都雷克雅未克了吗？有？好。现在循着那些被大海侵蚀的无数峡湾往上，停在纬度六十五度下面一点的地方。你看到什么？"

"一种类似小型半岛的东西，尾端像一根巨大的膝盖骨。"

"你的比喻很正确，孩子。现在，你在这根膝盖骨上看见什么没有？"

"有，一座像从海里长出来的山。"

"对！那就是'斯奈佛斯'。"

"斯奈佛斯？"

"它是一座高一千四百多米的山，冰岛最引人注目的火山之一[1]。如果它的火山口真的直达世界中心的话，那它肯定也是全世界最有名的一座。"

"但这不可能呀！"我耸肩喊道，反对这种假设。

---

1 斯奈佛斯（Sneffels）指的就是冰岛的著名火山斯奈山（Snafellsjokull）。

"不可能？"教授以严厉的口吻问道，"为什么不可能？"

"因为这个火山口当然都被熔岩、滚烫的岩石塞住了，然后……"

"如果是死火山呢？"

"死火山？"

"对。地表上现存的活火山约有三百座，但是死火山更多。斯奈佛斯属于后者，而且自从远古开始就只出现过1219年那一次爆发。从那个时候开始，它就渐渐安静下来，不再属于活火山了。"

听到这些正面的肯定回答，我一时答不上话，只好退一步转往文件里面其他的疑点。

"'斯卡塔里斯'是什么意思？"我问道，"又怎么会扯到7月1日？"

叔叔花了一点工夫思考。我心中燃起了希望，但是一闪即逝，因为他很快就对我做出回应："你称为黑暗的东西，对我而言是光明。它证明了萨克努森用尽心机，想要具体明说他的发现。斯奈佛斯拥有许多火山口，所以他有必要指出哪一个可以通往地心。这位冰岛学者怎么做呢？他注意到接近7月1日，也就是6月底最后那几天，斯奈佛斯的某一峰——斯卡塔里斯峰——会把影子投射到该火山口，于是把这个事实记入他的秘密文件里。还有比这个更精确的指示吗？等我们到达斯奈佛斯的山顶，还会犹豫该走哪一条路吗？"

叔叔果真回答了我每个问题。我很清楚老羊皮纸上的文字是难不倒他的，于是我不再针对这个主题追问他，但我无论如何都必须说服他，所以我把话锋转到有科学根据的异议上，我觉得这些问题更加严重。

"好吧，"我说，"我不得不同意萨克努森的句子语意很清楚，没有任何疑点。我甚至同意这份文件看起来是真的。这位学者去过斯奈佛斯内部，看见斯卡塔里斯峰的影子在7月1日之前掠过火山口缘，他甚至从他那个时代的传说里听闻这个火山口可以通到地心；但是说他自己办到了，说他跑了这一趟然后活着回来——如果他真的去了的话，不，我要说一百次的不相信！"

"你的理由是什么？"叔叔用格外嘲弄的语气问道。

"每个科学理论都证明这种事根本不可行！"

"每个理论都这么说？"教授装出好好先生的样子，"啊！这些理论真是讨厌鬼！还要继续碍我们的事多久啊！"

我看见他在取笑我，但是我仍然继续说："对！谁都知道每深入地表下三十米，气温就会升高大约一摄氏度。我们姑且认定这个比例不会变，地球半径有六千多公里，地心的温度高达两百万摄氏度，因此地球内部的物质全都处在炽热气体的状态，因为金属、黄金、白金、最坚硬的岩石都抵抗不了这种热度。所以我理所当然会质疑进入这类空间的可能性！"

"这么说，艾克赛，困扰你的是高温啰？"

"那当然。就算我们能深入地底哪怕只有四公里，也只是来到地壳的极限，而气温已经超过一千三百摄氏度了。"

"所以你怕会被熔化？"

"这问题留给您判断。"我闷闷不乐地答道。

"我的判断是这样的，"李登布洛克教授神气活现地回答，"无论是你还是任何人，都不能确定地心里面会是什么状况，因为我们仅仅认识它半径的千分之十二而已。科学日新月异，每一个理论都是不断地让新理论推翻的。一直到傅里叶[1]之前，我们不都相信太空的温度会递减吗？可是我们今天不是知道太空里最冷的那些区域不会低于零下四十或五十摄氏度吗？为什么地心的温度不会如此呢？也有可能气温到了某个深度会就此打住，而不是持续升高到连最耐热的金属都能熔化啊？"

叔叔把问题放在假设的领域上，我无话可答。

"我就来告诉你，有一些货真价实的学者，特别是泊松[2]，都证明了地球内部如果有两百万摄氏度的高温，因高热熔解的地底物质所出现的炽热气体，就会产生一股大到地壳无法承受的弹力，然后地球就会像充满高温蒸汽的锅炉那样爆炸开来。"

"那只是泊松的看法而已，叔叔。"

"是没错，但其他杰出的地质学家也同意地球内部既不是由气体也不是水所组成，也不是我们今日所知最重的岩石，因为如果是这样的话，那地球将会比现在轻两倍。"

"噢！只要有数字，我们想证明什么都可以！"

"如果我给你事实，你还会这样想吗，孩子？火山的数目自从远古以来大幅减少，这不是千真万确之事？那么，如果地心真有那么热，我们难道不能推断出它正逐渐降温吗？"

"叔叔，如果您要这样一味假设下去，我们就没什么好说的了。"

"可是我有话要说。我的看法跟一些能人的看法不谋而合。你还记得英国著名化学家达维1825年来拜访我那次吗？"

"不记得，因为我十九年后才出生。"

---

1 乔瑟夫·傅里叶（Joseph Fourier，1768—1830）是法国著名数学家及物理学家。
2 泊松（Siméon-Denis Poisson，1781—1840）是法国数学家及物理学家。

"这样啊。亨佛莱·达维路过汉堡时来找我。我们讨论了很久，在这些议题当中，包括了地球内部的地核是液态的假设。我们两人都同意地球内部不会是液态，而我们根据的理由，科学从未找到反驳。"

"是什么理由？"我有些惊讶地问。

"那就是液体会像海洋一样受月球吸引，因此地球内部每天会产生两次潮汐，而潮汐会掀起地壳，引发周期性地震！"

"但是地表本来就燃烧过了啊，外壳很有可能先冷却，这时热气才遁入地心。"

"你错了，"叔叔答道，"整个地球是因为地表燃烧才热起来的，不是其他理由。地球表面是由许许多多的金属组成，像是钾和钠，这类金属有一接触空气和水就会燃烧的特性。当大气中的水蒸气快速变化成雨水降落地面的时候，这些金属就会燃烧，而当水渐渐渗入地壳裂缝，会酿成爆炸和火山喷发。这就是地球形成初期会有那么多火山的原因。"

"多聪明的假设！"我有些情不自禁地惊喊。

"这是达维在这里靠一个简单的实验让我注意到的。他主要用我刚才提及的金属做了一颗金属球，代表我们的地球。我们滴了一小滴水在它表面上，表面立刻就肿起来，氧化，形成一座小山。山顶开了一个裂口，然后爆发了，同时将热气传导到整颗球去，烫到我们没办法再用手捧着。"

老实说，教授的话开始动摇我了。他一贯的热情与干劲儿让这些论据加倍精彩动人。

"你看着吧，艾克赛，"他补充，"地核的状态在地质学家之间，掀起了各式各样的假设。地热说没有什么明证，而照我的看法，根本没这回事，不可能。我们到时候就知道了，而且会像萨克努森一样，搞清楚是怎么一回事。"

"对！"我的兴致也来了，"对，我们会搞清楚的，前提是我们看得见东西的话。"

"为什么看不见呢？我们不能仰赖放电现象来照亮我们吗？甚至是大气啊，它的气压不能在我们逐渐接近地心的时候，让大气发光吗？"

"可以，"我说，"对！毕竟这是可能的。"

"是一定可以，"叔叔得意地回答，"不过别声张，听见没有？这一切都得秘而不宣，这样才不会有人先我们一步发现地心。"

第七章

　　这么值得纪念的一幕就这样结束了。这场对话令我血脉偾张。我恍恍惚惚地走出叔叔的书房，但是汉堡街上的空气不足，无法让我打起精神，于是我走到易北河畔有蒸汽船的那一侧。蒸汽船来往于城市与火车站之间。

　　适才得知的事说服了我吗？我没有受到李登布洛克教授的控制吗？我应该认真看待他要去地心的决心吗？我刚才听到的内容，是疯子的癫狂思维，抑或旷世天才的逻辑推理？无论如何，事实在哪里止步，错误又从哪里开始？

　　我在千百个相互矛盾的假设之间踟蹰，却不能抓牢任何一个。

　　然而，我记得自己曾经被说服，虽然我的满腔热血开始降温，却希望立即动身，别再花时间思考了。是的，此刻的我并不乏扣上皮箱的勇气。

　　可是我必须承认，一个小时以后，我高昂的志气滑至谷底。我的神经放松了，我从地球的深渊爬上地表来。

　　"真荒谬！"我喊道，"实在太胡来了！怎么可以随随便便跟一位明理的年轻人提出这种提议？这一切都没发生过。一定是我没睡好，做了一场噩梦。"

我沿着易北河岸，绕过市区。走上港口之后，一个预感引领我来到通往阿尔托纳的车马大道上。我这个预感果然应验了，因为我立即发现我的小歌洛白踩着轻快的步伐，正熟门熟路地回到汉堡。

"歌洛白！"我大老远呼叫她。

年轻女郎停下脚步。我想象她听见有人在大马路上这样喊她的名字，感到有点困惑。我走了十步就来到她身边。

"艾克赛！"她惊讶地说，"啊！你是来接我的啊！难怪你会在这里，先生。"

但是歌洛白看着我，没有漏掉我那副忧心忡忡、六神无主的模样。

"你怎么了？"她朝我伸出手来，问道。

"我怎么了？"我高喊。

我才用了两秒外加三句话，我的维尔兰佳人就得知整件事的始末了。她保持沉默好半天。她的心跳得跟我的一样快吗？我不知道，但是她被我牵着的手却不住颤抖。我们不言不语，走了数百步。

"艾克赛！"她终于说话了。

"亲爱的歌洛白！"

"这趟旅行一定很别致有趣。"

我闻言跳了起来。

"是的，艾克赛，你身为学者的侄儿，这样的旅行不正好匹配你的身份吗？一个人能做件轰轰烈烈的大事来领先群伦，这是好事啊！"

"什么！你不劝我放弃参与探险吗，歌洛白？"

"不，亲爱的艾克赛，若不是一个可怜的女孩会给你叔叔和你带来麻烦，我会很乐意陪你们一块儿去的。"

"你是说真的吗？"

"真的。"

啊！女人！无论老少，女人心总是难以捉摸！你们不是最娇羞就是最勇敢的生物！理性和你们就有如井水与河水，互不相干。什么？这丫头竟然鼓励我去探险！她自己还不怕亲身试险。我明明是她的心上人，她还游说我去！

我张皇失措，而且实不相瞒，我感到很惭愧。

"歌洛白，"我说，"让我们看看你明天是不是还会说一样的话。"

"明天，亲爱的艾克赛，我还是会跟今天说一样的话。"

歌洛白和我手牵着手，但是默然无声，继续走我们的路。我情绪激动了一整天，现在心力交瘁。

"毕竟，"我心想，"现在离7月1日还早得很，这段时间会发生很多事，应该能治好叔叔想去地底下游历的狂想。"

我们抵达国王街上的家时，夜色已经落下。我本来预期回到一个静悄悄的家中，按照习惯，叔叔已经就寝，玛特手持鸡毛掸子，就快清理完餐厅了。

但是我没有料到教授会这么急。我发现他在一大群正在走道上卸下货物的挑夫中间，吆三喝四，忙得不可开交。年老的女仆在一旁不知所措。

"过来啊，艾克赛。动作快一点，你这该死的小子！"叔叔大老远看见我，朝着我喊，"你的行李还没准备好，我的文档也都还没人整理，我旅行袋的钥匙不晓得跑哪儿去了，护腿套又都还没送到！"

我愣怔原地，发不出声音。我好不容易才挤出这句话："我们真的要走了？"

"对，你这该死的小子，竟然去散步，而不是待在这儿！"

"我们要走了？"我又用虚弱的声音问了一遍。

"对，后天一大早。"

我听不下去了，逃进我的小房间里。

再也无可怀疑了，叔叔刚刚花了整个下午取得旅行所必需的部分物品和器具。走道堆满了绳梯、绳结、火把、水壶、铁钉、十字镐、包铁的棍子、鹤嘴锄……至少十个人才背得动的东西。

我过了恐怖的一夜。次日一大清早，我听见有人在叫我。我决定不要开门，可是我哪有办法抵抗说这话的温柔嗓音呢？

"亲爱的艾克赛？"

我走出房间。我以为我这一副因为彻夜未眠而脸色苍白、两眼充血的萎靡模样，会对歌洛白发挥效果，让她改变心意。

"啊，亲爱的艾克赛，"她对我说，"看来你精神好多了，睡了一觉让你镇静下来了。"

"镇静？"我喊道。

我匆匆跑到镜子前面。没错，我的脸色没有我猜想的那么差。简直难以相信！

"艾克赛，"歌洛白告诉我，"我跟监护人谈了很久。他是个胆大包天的学者，无所畏惧的勇者，你要记得你的血管里流着他的血。他告诉我他的计划、期望、理由，还有打算怎么达到目标。他会办到的，这我不怀疑。啊，亲爱的艾克赛，能这样为科学奉献多美好啊！等待李登布洛克先生的又是何等光荣！他的旅伴也会跟着受惠哪！艾克赛，等你回来的时候，你就是个大男人了，跟他平起平坐，能自由发言，自由行动，还终于能……"

歌洛白脸红过耳，没有把话说完。她的话使我士气大振，可是我仍旧不愿相信我们出发在即。我拉着歌洛白到教授的书房去。

"叔叔，"我说，"真的决定要出发了？"

"怎么，你还怀疑啊？"

"不是，"我不想惹他不高兴，"我只是想问你为什么这么仓促。"

"当然是时间啊！岁月不待人哪！"

"可是今天才不过5月26日，离6月底——"

"唉！你这个傻小子，你以为去冰岛这么容易吗？要不是你昨晚像疯子般地离开，就会跟我去到利芬德公司在哥本哈根的办事处，就会知道从哥本哈根到雷克雅未克只有一班船。"

"所以呢？"

"所以，如果我们等到6月22日，我们就会去得太晚，看不见斯卡塔里斯峰的影子拂过斯奈佛斯的火山口了！所以必须尽快赶到哥本哈根去找前往冰岛的交通方式。快点去整理行李！"

我无话可说。我上楼回到房间，歌洛白跟着我。她帮我把旅行用品收拾进一只小行李箱内。她从容不迫，仿佛我只是去吕贝克[1]或黑尔戈兰岛[2]散个步而已。她的小手不慌不忙地来来回回。她说话时神色自若，为我们这趟旅行提出最正当的理由来开导我。她迷惑我，但同时我又气她气得要命。我有好几次想动怒，但是

---

1 吕贝克（Lubeck）位于德国北部波罗的海沿岸，曾是汉萨同盟的城市之一。
2 黑尔戈兰岛（Heligoland）是北海上的小型群岛，隶属于德国。

她都没留心，继续有条有理地帮我收拾。

终于，行李箱的最后一条皮带扣上了。我走下楼。

这一整天，科学仪器、武器、电器的供应商人数又多了起来。玛特已经失魂落魄了。

"先生疯了吗？"她问我。

我做了肯定的动作。

"他也要带您一块儿去吗？"

我又做了同样的动作。

"去哪儿呢？"她问。

我用手指头往地心一指。

"地窖？"老女仆失声喊道。

"不是，"我最后说，"在更底下！"

夜幕低垂。我已经不晓得过了多少时间。

"明天早上，"叔叔说，"我们六点整出发。"

晚上十点，我像一块石头，落在我的床上。

恐惧又回来占领了我一整个晚上。

我整夜都梦到深渊巨壑！我陷入昏狂。我感到教授健壮的手把我抓得死紧，生拉硬拽！我以自由落体的加速度，坠落深不见底的悬崖。我的生命只是一场永不停歇的坠落。

我在五点醒来，因为一夜的翻来覆去，辗转不安而全身乏力。我下楼到餐厅去，叔叔已经就座，忙着狼吞虎咽。我心怀恐惧地看着他，但是歌洛白在场，我不便多说什么，只是食不下咽。

五点半，车行声从街上传来。一辆大马车辘辘抵达，准备载我们到阿尔托纳火车站。不多久，车子里就堆满了叔叔的行李。

"你的皮箱呢？"他问我。

"打包好了。"我用虚弱的声音回答。

"那就快点去拿下来呀,不然你要害我们赶不上火车了!"

继续和命运之神对抗,眼看是不可能了。我上楼回房间,然后放任行李滑落阶梯,我跟在后面跑。

此刻叔叔郑重地将他家的"缰绳"交到歌洛白手上,我的维尔兰佳人维持一贯的冷静。她亲吻她的监护人,但她的柔软双唇轻拂过我的面颊时,却无法忍住泪珠。

"歌洛白!"我呐喊。

"去吧,亲爱的艾克赛,去吧,"她对我说,"此番你离开未婚妻身边,等回来时,她就是你的妻子了。"

我把歌洛白拥进怀里,然后坐上马车。玛特和她站在门口,和我们作最后的道别。接着,车夫一声呼哨,两匹马便往阿尔托纳奔驰而去。

第八章

阿尔托纳位于汉堡郊区，是带我们前往贝尔特海岸的基尔铁路线的起站。二十分钟不到，我们就进入霍尔斯坦地区。

六点半，马车停在车站前。叔叔众多体积巨大的旅行用品被卸下、运送、秤重、贴标签、再装上行李车。到了七点，我们就面对面坐在同一个车厢里。火车头呜呜呜鸣笛，开始移动。我们出发了。

我屈服了吗？还没。然而早晨的新鲜空气、一路上因火车疾驶而迅速翻新的种种风光，都为我排忧遣怀了。

至于教授的思绪，很显然跑在这辆对急躁的他而言开得过慢的列车前面。我们是这节车厢里唯一的乘客，却相对无言。叔叔很仔细地重复查看他的口袋和旅行袋。我清楚看见实行他计划所需的必要文件，无一不齐备。

在所有文件当中，有一张仔仔细细折起来的纸，印有丹麦大使馆的笺头，上面有克里斯汀森先生的签名，他是汉堡的领事也是教授的朋友。到了丹麦，这张纸可以方便我们取得给冰岛总督的介绍函。

我还看到那张神秘文件被珍而重之地塞在皮夹最隐秘的夹层里。我先衷心诅咒它一遍，再观览起这地方的风景。窗外那连绵无尽的广袤原野平淡无奇，单调乏味，淤泥遍地却颇为肥沃，非常适合铺设铁路公司最钟爱的直线铁路。

但是我还来不及看腻这单调的风光，因为距离我们出发三小时后，火车在基尔停站，大海近在咫尺。

我们的行李直挂到哥本哈根，所以没什么需要照料的。但在行李被运上蒸汽船的整个过程中，教授都担心地拨只眼去注意。最后它们消失在货舱底部。

叔叔这趟出门虽然仓促，却早算准了火车和船之间的转乘时间，我们有一整天的时间可以虚掷。蒸汽船"艾诺拉号"不到入夜是不开航的。整整九个小时内，叔叔这位暴躁易怒的旅客，叫蒸汽船和铁路局的行政单位以及容忍这种恶习的政府，统统下地狱。在他拿这个话题缠着"艾诺拉号"船长追问时，我必须和他同仇敌忾。他想强迫船长别再耽误时间，赶快出发。对方要他滚一边纳凉去。

在基尔，就像在其他地方一样，一天总是要过的。我们只好一再漫步碧油油的海湾岸边（尽头就蠢立着这座小城），在茂林（让小城看起来宛如枝丫上的鸟巢）里来回走上几遍，再三欣赏每一栋拥有自己的冷水浴小屋的别墅，最后则是东奔西跑，怨声载道，总算熬到晚上十点。

"艾诺拉号"的滚滚白烟在空中铺展，甲板因为锅炉震动而抖动着。我们上了船，还是船上唯一房间里的两个上下卧铺的主人。

十点十五分，系船的缆绳被松开了，蒸汽船飞快驶入大贝尔特海峡[1]幽暗的海水中。

夜色如墨，风大浪高，海岸上有几盏灯火在黑暗中出现。稍后，我不晓得何时，一座闪光灯塔在海浪上方熠熠闪亮。以上就是我对这第一次渡海的记忆。

早上七点，我们在西兰岛西岸的小城科瑟上岸。这回我们舍船改搭火车，它即将带我们横越一个和霍尔斯坦乡间同样平坦的地区。

抵达丹麦首都之前又是三小时的旅程。叔叔整夜都未合眼。他如此猴急，我想他甚至想用脚去帮忙推火车。

最后他注意到一片海水。

"松德海峡[2]！"他大喊。

我们左边有一座类似医院、占地广大的建筑。

"那是疯人院。"我们的旅伴之一说道。

"来得正好，"我心想，"我们下半辈子就是应该在那里过！不过这医院虽然大，却仍容纳不下李登布洛克教授的疯狂！"

最后，到了早上十点，我们的脚在哥本哈根着地。行李被搬上马车，和我们一起被载到位于布雷德街上的凤凰旅店。这趟路费时半小时，因为火车站位于城外。接着，叔叔速战速决完成盥洗，拽着我跟他走。旅店的门童能说德语和英语，但教授是语言天才，用标准的丹麦语问话，门童也回以丹麦语，为他指出北欧古物博物馆的位置。

---

1 大贝尔特海峡（Great Belt）是丹麦西兰岛（Sjalland）和菲英岛（Fyn）之间的一座海峡。
2 松德海峡（Sund），即分隔丹麦西兰岛与瑞典南部斯科纳省（Skane）的厄勒海峡（Oresund）。Sund就是丹麦语与瑞典语中的"海峡"。

北欧古物博物馆这座奇妙的机构有许许多多诸如古老石制武器、有盖高脚杯和珠宝等，能让人重建丹麦历史的美妙古董。馆长汤森教授是一名学者，也是驻汉堡的领事之友。

叔叔有一封热诚的介绍函要交给他。学者之间通常自相水火，但这里却完全不是那么一回事。汤森先生为人热心，盛情接待李登布洛克先生及他的侄儿。不用多说，我们当然也对优秀的博物馆馆长保守了秘密。我们只是没有私心的游客，来冰岛观光的。

汤森先生倾力相助，陪我们跑遍每个码头，只为找到一艘起航在即的船只。

我期待完全找不到船，可是事与愿违。一艘小型丹麦双桅纵帆船"瓦尔基丽号"会在6月2日张帆起航至雷克雅未克。船长毕雅恩先生正在船上。他那位喜不自胜的未来乘客和他握手的时候，差点捏碎他的手。如此有劲的握力让这位客气的先生稍感吃惊，他觉得去冰岛只是件稀松平常的事，毕竟那是他的工作，叔叔却觉得非凡无比。于是这位正直的船长把握叔叔高昂的兴致，让我们付了双倍的船资，但我们不以为意。

"星期二，早上七点上船。"毕雅恩先生在把一大笔钱收进口袋后说道。

我们谢过汤森先生他的关照，回到凤凰旅店。

"进行得很顺利！非常顺利！"叔叔再三说着，"竟然刚好找到一艘准备出海的船，我真是太开心了！现在吃饭去吧，然后到城里走一走。"

我们走到新国王广场。这座形状不规则的广场上停放着两尊吓不跑人的无辜大炮。离广场很近的五号有一家法式餐馆，店主是一位名叫万森的厨师，我们只付了一人四马克这样公道的价格，就在那里饱餐了一顿。

接着我童心大发，在城里四处溜达，叔叔由着我带路，只是他根本无心赏玩。无论是不值一看的皇宫，还是博物馆前那座兴建于17世纪，横跨运河的富丽大桥，又或是托瓦尔森[1]广阔的衣冠冢（冢内的装饰壁画虽然可怕，却有这位雕刻家的作品），他都没有兴趣。他不理会坐落秀美公园内小巧雅致的罗森堡城堡，不看证券交易所这栋令人赞赏的文艺复兴建筑，无视它钟楼上那四只龙尾交缠的青铜龙雕像，更漠视城墙上的大风车，其宽广的叶扇宛如涨满海风的船帆。

如果能和我的维尔兰佳人一起散步，该有多甜蜜啊！港口里的双层甲板船和巡防舰安详地在红色屋顶下沉睡，海峡岸边绿树成荫，这茂密林间就藏着碉堡，碉堡里的大炮从接骨木和柳树的枝丫间伸出它们黑洞洞的嘴。

只是她远在他方，唉！我可怜的歌洛白，我还能期望再见她一面吗？

尽管叔叔完全不注意这些迷人景点，但他也在看到某座位于哥本哈根西南方的阿玛克岛上的钟楼时，深受震撼。

我收到命令，脚步转往那个方向。我登上一艘来往于各运河间的蒸汽小艇，要不了多久，它就在造船厂码头靠岸。

在来到救主堂[2]之前，我们先穿梭过几条狭窄的街道，看见一些身穿黄灰条纹长裤的苦役犯在狱吏的棍子下干活。这座教堂没有什么看头，但是它颇为高耸的钟楼吸引了教授的注意力，因为

---

1 托瓦尔森（Bertel Thorvaldsen, 1770—1844）是著名的丹麦雕刻家。
2 救主堂（Vor Frelsers Kirk）是一座巴洛克式教堂，其特色就是形似钻子的螺旋钟楼，是哥本哈根的著名景点之一。

从顶楼平台开始，一道露天楼梯绕着尖塔盘旋，直上云霄。

"我们上去吧。"叔叔说。

"可是我会头晕。"我说。

"又多了一个上去的理由，你得习惯才行。"

"可是……"

"我叫你来就来，别浪费时间了。"

我不得不服从。守卫住在对街，交给我们一把钥匙，然后我们开始走上楼。

叔叔踏着机警的步伐一马当先，我跟着他，一路胆战心惊，因为我很容易头晕。我既没有老鹰的平衡感，也不如它们那般无畏。

我们走在室内的螺旋式楼梯时，一切都很顺利，但是走完一百五十级之后，清风扑面而来：我们来到钟楼的平台了。只靠一道脆弱栏杆防护的空中楼梯从这里开始，阶梯渐走渐窄，仿佛愈高愈无所终。

"我一定办不到！"我呐喊。

"你不会想当个胆小鬼吧？上去！"教授无情地回答。

不跟着他不行，我紧紧扣住扶手。户外强风吹得我头昏脑涨，我感到钟楼迎风摇晃，我的双腿发软，不久就得跪爬了，到了最后我根本是匍匐前进。我闭上眼睛，感觉患了太空病。

最后，叔叔拉住我的衣领，我来到塔顶圆球附近。

"你看，"他对我说，"好好看清楚！你得学一学什么叫鸟瞰！"

我睁开眼睛，看见一栋栋在烟雾中有如被摔扁的房屋。蓬乱的云朵从我头顶上方飘过，因为倒着看的关系，我觉得它们好像静止不动，反而是钟楼、圆球和我，我们都被一把令人惊异的速度拖着转。远处，一边是绿野绵延，另一边是日光下粼粼生辉的大海。松德海峡一直延伸到赫尔辛格[1]的一角，海上白帆点点，近似海鸥的翅膀，而在东方薄雾中颤动起伏的，是瑞典几乎朦胧的海岸线。这片壮阔的景观在我的眼前打旋。

然而我必须站起来，挺直身体，好好看着。我对抗惧高症的第一课持续了一个钟头。等教授终于允许我下来，双足触及街道坚固的铺石地面时，我已浑身酸痛。

"我们明天再来。"教授说。

没错，整整五天，我一再重复这个令人晕眩的练习，而且不论我愿不愿意，我在"居高临下"这门艺术方面，颇有进步。

---

1 赫尔辛格（Helsingor）是丹麦西兰岛上的城市，与瑞典的赫尔辛堡（Helsingborg）隔着厄勒海峡相望。

第九章

出发的日子到了。前一晚，体贴入微的汤森先生为我们带来几封恳切的介绍函，到时候要交给冰岛总督特伦普伯爵、助理主教皮耶特尔森先生和雷克雅未克市长芬森先生。叔叔热情有劲地握他的手以示感激。

第二日早上六点，我们的宝贝行李被送上"瓦尔基丽号"。船长带我们到位于船尾的甲板室下方的舱房去，房间虽小但是很整齐。

"风向还行吧？"叔叔问。

"好极了，"毕雅恩船长答道，"吹的是东南风。我们会扬起满帆，乘顺风离开松德海峡。"

片刻后，我们这艘双桅纵帆船张起前桅帆、后纵帆、上桅帆、顶桅帆，离开码头，满帆驶入海峡。一个小时后，丹麦首都仿佛隐没在远处的波涛中，"瓦尔基丽号"贴着赫尔辛格海岸走。我现在心情很紧张，期待看见哈姆雷特的幽灵在这传奇的平台上游荡[1]。

---

1 赫尔辛格的克龙堡（Krongborg Slot）是莎士比亚名剧《哈姆雷特》的舞台。

"尊贵的狂人如你！"我说，"一定会赞同我们的吧！说不定你还会跟随我们到地心去寻找你那个永恒疑问的解答！"

但是那些古老的长墙上，连半只鬼影都没有，而且这座城堡的年纪比那位传奇的丹麦王子还要年轻许多。它现在是松德海峡看守人的辉煌居所，每年有来自各国的一万五千艘船经过松德海峡。

克龙堡还有矗立在瑞典海岸上的赫尔辛堡高塔，很快就隐匿在薄雾中，我们这艘双桅纵帆船在卡特加特海峡的微风吹拂下微微倾斜着。

"瓦尔基丽号"是一艘很灵活的帆船，但是帆船是最拿不准的交通工具。它载运煤炭、清洁用具、陶器、羊毛衣和一船的小麦到雷克雅未克。船员有五人，清一色丹麦人，就足够操作它。

"渡海需要多久时间？"叔叔问船长。

"十几天吧，"船长答道，"如果法罗群岛[1]附近没有突然出现暴风雨的话。"

"若有的话，岂不是要延误很久？"

"不会，李登布洛克先生，请冷静下来，我们会到的。"

傍晚时分，我们的船绕过丹麦北角的斯卡恩岬，连夜驶过斯卡格拉克海峡，在林内斯岬附近沿着挪威末端航行，然后往北海驶去。

两天后，我们看见彼得黑德[2]及其苏格兰海岸，接着"瓦尔基丽号"穿过奥克尼群岛[3]和谢德兰群岛[4]之间，航向法罗群岛。

---

1 法罗群岛（Faroerne）是丹麦的海外自治领地，恰好位于挪威与冰岛中央。
2 彼得黑德（Peterhead）是苏格兰的一座城市，位于苏格兰本土最东端。
3 奥克尼群岛（Orkney）是苏格兰北部的群岛。
4 谢德兰群岛（Shetland）是英国最北端的领土，距丹麦的法罗群岛不到300公里。

我们的船很快就受到大西洋海浪的冲击，我们必须抢北风航行，千辛万苦终于抵达法罗群岛。6月3日，船长发现群岛中位于最东边的米格聂斯岛，然后自此刻起，我们笔直航向位于冰岛南岸的波特兰岬。

这段海上之旅毫无波折。我还颇经得起大海的试炼，叔叔却不断病病歪歪，为此他不只气恼，更觉得羞耻。

所以他无法和毕雅恩船长讨论斯奈佛斯、运输工具、交通难易度，这些他只得等我们抵达才能问，并且整日躺在舱房里，听着舱房壁板因为猛烈的前后颠簸吱呀作响。我得说他是咎由自取。

11日，我们航行到波特兰岬。万里晴空下，俯临波特兰岬的米达尔斯优库尔[1]之景，一览无遗。波特兰岬是一座孑立在海滩上的陡峭山冈。

"瓦尔基丽号"与海岸保持着适当的距离，同时往西边纵倾，在成群的鲸鱼和鲨鱼之中航行。一块镂空的巨岩立时出现，在带浪沫的怒涛中穿过。魏斯特曼群岛仿佛破水而出，宛如液态平原上林立的岩石。从这一刻开始，双桅纵帆船远远地绕过冰岛西角的雷克亚内斯半岛。

狂涛骇浪阻止叔叔登上甲板赞叹这些西南风吹袭下的破碎海岸。

四十八小时之后，我们离开一场强迫我们收起船帆航行的暴风雨，看见东方的斯卡恩岬尖端上的方位标，斯卡恩岬的危岩在海浪下面延伸了好长一段距离。

一位冰岛船员上了船。三个小时后，我们在雷克雅未克前的

---

1 米达尔斯优库尔（Myrdalsjokull）是位于冰岛最南端的冰川，意为"沼泽谷地冰川"。

法赫萨湾停泊。

教授终于走出舱房，有一点苍白，有一点萎靡，但是热情依旧不减，眼里净是满意之情。

城里居民对一艘船的到来特别感兴趣，因为每个人都有东西要拿，群聚在码头。

叔叔急着逃离这座海上的牢狱——说是医院也行。但是在离开甲板之前，他把我拉到前面去，然后手指着海湾的北边部分：那里有一座高山，它的两个圆锥双峰覆盖着恒雪。

"斯奈佛斯！"他高声喊着，"斯奈佛斯！"

接着打手势叮嘱我三缄其口后，他下船跳上另一艘等着他的小艇。我尾随其后，顷刻间，我们的脚就踩上冰岛的土地了。

一名身穿将军服，和颜悦色的男人首先出现。但是特伦普男爵本人只不过是行政官员。教授认出他来，把丹麦来的介绍函交给他，然后用丹麦语短短应酬了几句，我对这场对话的内容理所当然是迷惑不解。但是经过这初次的见面，我们知道特伦普男爵会尽全力帮助李登布洛克教授。

市长芬森先生竭诚欢迎叔叔，他跟总督一样穿着军装，但是于公于私都是和平分子。而助理主教皮耶特尔森先生目前正在北边的辖区视察，暂时无法把我们介绍给他。但是提供我们最弥足珍贵的协助者，当属弗里德克森先生这位风度翩翩的男子，他是雷克雅未克一所学校的自然科学教授。这位谦逊的学者只说冰岛语和拉丁语，他用贺拉斯[1]的语言从旁协助我，令我感到我们是天作之合。事实上，他是我客居冰岛时唯一能交谈的对象。

---

1 贺拉斯（Horace）是古罗马著名诗人、评论家。

这位优秀学者的房子有三间房间，他把两间让给我们使用。要不了多久，我们就和行李一起安顿下来，我们的行李多到令雷克雅未克居民颇觉惊讶。

"好啦，艾克赛，"叔叔对我说，"现在最困难的部分已经结束了。"

"怎么会是最困难的？"我惊喊。

"当然是，现在我们只要往下走就行了！"

"您这么说是没错，但是走下去之后，最后还是得爬上来吧，我猜？"

"噢！这我一点都不担心！好啦！没时间浪费了，我这就去图书馆。也许那里有萨克努森的手稿，那我会很高兴可以查一查。"

"那我趁这段时间去城里观光。您不一起来吗？"

"噢！我没什么兴趣。冰岛这块土地啊，奇妙的部分不在上面，而是下面。"

我走出门，信步而行。

要在雷克雅未克的两条街上迷路还真不容易，所以我根本用不着问路。身体语言只会造成诸多误解。

这座城市延伸在一块地势颇低，沼泽遍布的土地上，位于两座山丘之间。大片熔岩覆盖其中一边，朝大海缓缓递降。辽阔的法赫萨湾在另一边铺展，"瓦尔基丽号"此刻就孤零零留在那里，北边则让巨大的斯奈佛斯冰川阻挡了下来。平时会有英国和法国渔警的船停泊在外海，但是他们这会儿在冰岛东岸一带执行公务。

雷克雅未克的两条街里比较长的那一条与海岸平行，那些红色梁木横叠起来的简陋小屋里住着商贩和批发商。另一条街方位偏西，奔往一座小湖，两旁有主教和其他外国商人的居所夹径。

没多久我就踏遍这些阴沉又悲凉的小路，偶尔会瞧见一小块褪色的草皮，宛如一条因为经常使用而磨损的老旧羊毛地毯，或是某个疑似种有零星蔬菜的菜园，如马铃薯、甘蓝菜和莴苣之类，都让人感觉放在小人国的餐桌上恐怕比较适合。几朵病恹恹的丁香也试着要吸收一点阳光的气息。

我在非商业街的中间找到一座由土墙圈起来的公墓，里头空间宽敞。紧接着再跨出几步，我就来到总督的家，这栋房子跟汉堡市政府相比显得破落，但是和冰岛市民的小屋一对照，就简直像皇宫了。

新教风格的教堂矗立在小湖和城市之间，用自家火山采掘的石灰岩建造而成。教堂的红瓦屋顶在西方强风的吹袭下，一定会被刮得纷飞四散，到时信徒就损失惨重了。

我在邻近的高地上看见师范学校。稍后从东道主那边得知，这所学校里教授希伯来文、英文、法文和丹麦文。说来惭愧，我对这四种语言一窍不通。想来在全校四十名学生中敬陪末座，不配和他们一起睡在这些有双隔间的壁橱中，最娇弱的只要睡一晚就会气闷而死。

短短三个小时我就不只参观完城市，还有邻近地区。整体的景观格外悲凄。几乎没有树木，没有花草，到处都是火山岩尖锐的岩脊。冰岛人的小屋都是利用泥土和泥炭盖成的，墙壁皆向内倾斜，宛如直接放在地上的屋顶。不过这些屋顶可都是相当肥沃的牧场，多亏房子里散发出来的热气，青草株株苗长，而且居民会在草料收割期细心收割，否则家畜会来这些油绿的住家上头吃草。

我一路上很少遇到居民。从商业街走回来的时候，我看见很多人忙着风干、盐渍和装载鳕鱼，这是岛上的主要出口品。男人一个个看起来健壮如牛，但是样貌粗拙，就像金发碧眼的德国人，只是双眼若有所思，仿佛觉得自己是局外人。他们就像一群可怜的流亡之徒，被抛弃在这块苦寒陆地上，大自然迫使他们住在北极圈上，差一点就让他们成了爱斯基摩人了！我企图撞见他们含笑的脸，却徒劳无功，他们偶尔会因为肌肉不自觉的牵动而大笑一下，但是从来不微笑。

他们戴的帽子帽缘极宽，身上穿着粗制的黑色羊毛短夹克，这种全北欧国家都熟知的羊毛名为"瓦德马"，外加一条有红色滚边的长裤，以及皮革折制成的鞋子。

妇女神色悲伤，一副听天知命的模样，相貌还算悦目，只是面无表情，她们穿着紧身短上衣和深色的瓦德马羊毛裙。少女的发辫盘在头上，戴着咖啡色的毛编小帽，已婚女子包着彩色头巾，顶上有白色平织布的装饰。

等我在一趟惬意的散步后返回弗里德克森先生家中时，叔叔已经在那里享受东道主的陪伴了。

第十章

晚餐已经准备好了，李登布洛克教授如饿虎扑食。由于在船上食欲不振，教授的胃已经饿成了无底洞。这顿丹麦式晚餐本身并无特别之处，但是我们的冰岛主人令我联想起古代好客的主人翁，让我切实地感觉到我们在他家似乎比他自己还自在。

对话是以当地语言进行，叔叔夹杂德语，弗里德克森先生夹杂拉丁语，好让我也听得懂。我们的话题离不开科学，因为适用于所有学者，但是教授在说及我们之后的计划时，态度极端保留，还不断打眼色嘱咐我闭紧嘴巴。

首先，弗里德克森先生问起叔叔在图书馆里找书的结果。

"你们的图书馆！"叔叔喊道，"书架上几乎空荡荡的不说，书又都不齐全！"

"怎么会？"弗里德克森先生应道，"我们拥有八千册书籍，其中不乏珍贵罕见，以古老北欧语言写就的作品，还有哥本哈根每年供应我们的新书啊！"

"哪里来的八千册？对我来说——"

"噢！李登布洛克先生，我们的书遍布全国哪！我们这座古老的寒冰小岛上的居民都很好学！没有一位农夫或一位渔夫不识字不读书的。我们认为书本与其远离好奇的眼光，待在铁条后面霉烂，更应该在读者的阅览下磨损。所以这些书在人人手中传递翻阅，一读再读，通常只有在外借了一或两年后才会回到书架上。"

"那这段时间，"叔叔有点气恼，"外国人……"

"能怎么办呢？外国人自己的国家里也有图书馆啊，而且重点是我们的农夫需要受教育。我再说一遍，冰岛人流着好学的血液。此外，我们在1816年办了一个兴旺的文学协会，外国学者都为身为学会的一分子而感到光荣。我们出版过一些教育国民的书籍，帮了国家一个大忙。如果您想成为我们的通信会员，李登布洛克先生，我们会非常高兴。"

叔叔已经隶属于一百多个科学协会，仍是欣然接受，此举感动了弗里德克森先生。

"现在，"他继续说下去，"请告诉我您想在我们图书馆找什么书，也许我可以告诉您它们的下落。"

我看着叔叔。这个问题直接涉及他的计划，他犹豫着该如何回答。然而一番考虑之后，他决定坦白。

"弗里德克森先生，"他说，"我想知道在那些古籍当中，可有亚恩·萨克努森的作品？"

"亚恩·萨克努森！"雷克雅未克的教授唤道，"您指的是16世纪那位学者，既是杰出的自然学家、出色的炼金术士又是伟大的旅行家吗？"

"正是他。"

"冰岛文学及科学的荣耀之一？"

“如您所说。”

“比谁都卓绝的伟人？”

“我同意您的看法。”

“智勇双全的那一位？”

“我看您非常了解他。”

听人这样讲到他的英雄，叔叔在喜悦中泅泳。他望着弗里德克森先生的眼神仿佛想一口把他吞下肚子。

“怎么样，有没有他的作品？”叔叔问道。

“啊！我们没有他的作品！”

“什么？连冰岛都没有？”

“无论在冰岛还是其他地方都没有。”

“为什么？”

“因为亚恩·萨克努森被视为异端邪说，遭受迫害。1573年，他的著作就在哥本哈根让刽子手烧光了。”

“太好了！好极好极！”叔叔这么一叫，大大地震惊了自然科学教授。

“什么？”后者惊问。

“对！这样就解释得通了，全部连贯起来，我都搞清楚了，萨克努森的作品被列为禁物，他不得已只好藏起他了不起的发现。我知道他为什么必须把秘密藏在无法理解的密码里了……”

“什么秘密？”弗里德克森先生迅速一问。

“呃……秘……”叔叔嗫嗫嚅嚅的。

“您不会拥有什么特殊的文件吧？”东道主继续问。

“没有，我只是在假设。”

“好吧，”弗里德克森先生看叔叔一副窘迫的样子，好心没有再追问下去。"我希望，"他补充，"你们在汲尽岛上所有矿物财富之前，不会离开我们。"

"那当然，"叔叔答道，"但是我来得有点晚。已经有学者来过了吧？"

"是的，李登布洛克先生。欧拉夫森和波维尔森奉丹麦国王之命来勘测过。托意尔也来做过研究，还有盖玛和侯贝两人搭乘法国护卫舰'探索号'¹前来考察。而最近有几位学者搭乘巡逻舰'奥坦丝皇后号'过来，他们的观测结果对认识冰岛这块土地的贡献极其良多。但是，请相信我，值得研究的地方还有很多。"

"您这么觉得吗？"叔叔装出一副好好先生的模样问道，试图收敛眼里的神采。

"是的。有这么多鲜为人知的山、冰川、火山可以研究！对了，不用跑太远啊，看看那座耸立在地平线的山。那是斯奈佛斯。"

"啊！"叔叔说，"斯奈佛斯啊！"

"对，它是最奇妙的火山之一，很少人去看过它的火山口。"

"死火山？"

"噢，有五百多年没喷发啰！"

"那好！"叔叔答道，他发狂似的交叉双腿，免得跳到半空中，"我打算研究冰岛的地质，就从这座斯佛……佛斯……你们怎么称呼来着？"

"斯奈佛斯。"大善人弗里德克森先生替他接下去。

---

1 原书注：1835年，杜培黑海军上将（Amiral Duperre）派"探索号"去寻找一支下落不明的远征队，布洛斯维尔（Jules de Blosseville）和他的"里尔姑娘号"失踪于北海。

这部分的对话以拉丁语进行，所以我全都听懂了，看见叔叔极力掩饰从四面八方溢出来的意满自得，我几乎也再装不出正经。他摆出天真无邪的模样，看上去却像老恶魔在扮鬼脸。

　　"对，"他说，"您的一番话让我下定决心，我们会爬上去看看这座斯奈佛斯，也许还会研究研究它的火山口呢！"

　　"真遗憾，"弗里德克森先生回答，"若不是我的工作走不开，否则我会很乐意陪你们一块儿去，肯定获益良多。"

　　"噢不！噢不！"叔叔急着回答，"我们不想麻烦任何人，弗里德克森先生，我由衷感谢您。有像您这样的学者在场一定非常有用，可是您的工作要紧……"

　　我很快乐地想着，像我们东道主那样纯真的冰岛人，是看不穿我叔叔的奸计的。

　　"李登布洛克先生，"他说，"我很赞同您从这座火山开始，您会满载而归，观察到许多奇景的。但是，告诉我，您打算如何前往斯奈佛斯半岛呢？"

　　"走海路，穿越海湾。这样走最快。"

　　"确实最快，不过不可能。"

　　"为什么？"

　　"因为雷克雅未克没有船。"

　　"糟糕！"

　　"你们得沿着海岸走陆路。这样花的时间会比较长，但是也比较有意思。"

　　"好，那我得替自己物色个向导了。"

　　"我正好有个人选可以推荐给您。"

　　"这个人牢靠、聪明吗？"

"是的。他是斯奈佛斯半岛的绒鸭猎人，非常机灵，您会满意的。而且他的丹麦语说得很流利。"

"我什么时候可以见到他？"

"您要的话，明天。"

"为什么不今天呢？"

"因为他明天才会到。"

"那就明天吧。"叔叔叹了一口气。

这场重要的谈话又持续了片刻，然后以德国教授热情感谢冰岛教授结束。这顿晚餐刚刚让叔叔了解到一些重要信息，其中包括萨克努森的故事、那份秘密文件的缘由，还有我们的东道主不会陪他去地心探险，而且明天就会有一位向导供他差遣了。

第十一章

晚上我到雷克雅未克的海岸边打个转，然后早早回我的大木板床上就寝，酣睡了一夜。

醒来的时候，听见叔叔在隔壁房间滔滔不绝讲话。我立刻起床，连忙过去加入他。

他正操着丹麦语和一名人高马大、身材健美硬实的男子说话。这名魁伟的机警男子一定力大无穷。他的头颅非常大，脸孔颇为率真，嵌入这颗头里的两只眼睛是梦幻的蓝颜色，在我看来相当聪明。就算在英国也会被认为是红色的长发披挂在运动员般的宽肩上。这位当地人的身段柔软，但是很难得摆动手臂，仿佛不懂得或是不屑指手画脚。他的全身上下，一举一动，都凸显他沉着的性格。不是麻木冷血，是镇静。我们感觉他无欲无求，我行我素，就算天大地大的事都惊扰不了他的生活哲学。

从这位冰岛人聆听叔叔热情的废话的样子看来，我捕捉到他性格中一个微妙细节。他双臂抱胸，在叔叔那愈来愈令人目不暇接的手势之中，不动如山。要表示否定，他左右转动他的头，颔首则以示肯定，犹如蜻蜓点水，他的头发几乎没有动过，省力简直省到吝啬的地步了。

的确，看他那个样子，怎么也猜不到他是一名猎人。他肯定吓不了猎物的，那他怎么逮得到呢？

后来弗里德克森先生告诉我这位文静的人只是"猎绒鸭的"，一切就都说得通了。这种鸟类的绒毛就叫作鸭绒，是岛上最珍贵的宝藏，并不需要费劲捕捉。

母绒鸭这种漂亮的海鸭，会在夏初到"峡湾"[1]的岩石间筑巢，让整个海岸看起来像是镶了边。巢一筑好，它就拔起肚子上的细致羽毛来铺巢。猎人——或者该说商人——马上过来取走鸭巢，母绒鸭再继续拔，如此这般持续到它只剩下几根羽毛。等它身上的毛全拔光了，就换公绒鸭上场，只是公绒鸭的羽毛粗硬，毫无商业价值，猎人不会费事去偷它们这一窝子的家，于是绒鸭巢完成了，接着母绒鸭下蛋，孵出小鸭，然后下一年，鸭绒的采收从头再来。

由于绒鸭并不选择高峻的巨岩，反而挑延伸入海的平坦岩石来筑巢，冰岛猎人不用费什么劲也能收集到鸭绒。可以算是既不必播种，也不用收割，只要采集就行了的农夫。

弗里德克森先生推荐的这个人严肃镇定，沉默少言，名叫汉斯·毕耶可，是我们之后的向导。他的一举一动跟我叔叔相映成趣。

可是他们却相处甚欢。没有人议价，一个准备好要接受对方打算支付的价钱，另一个则是准备好接受对方开出的价钱。这世上还没有哪一桩生意这么容易就谈成的。

---

1 原书注：北欧国家称狭窄的海湾为fjord。

协议的结果是汉斯保证带我们到位于斯奈佛斯半岛南岸的斯特皮，该镇甚至就位于火山山脚下。陆路约莫二十二公里，根据叔叔的看法，旅程需时两天。

不过等他得知这是丹麦里，而且一丹麦里相当于七点八公里，他只好重新计算，况且缺少道路，必须走七八天。

我们会有四匹马，两匹载叔叔和我，另外两匹搬运行李。汉斯会步行前往，那是他的老习惯。他娴熟海岸这一带的路径，保证会带我们走最短的路。

他和叔叔的契约并不会在我们到达斯特皮以后失效，在整个探勘之旅期间，他都会继续为叔叔服务，代价是每周三银元[1]。只不过契约中明文规定，每周六晚间是支薪日，这是他的必要条件。

出发日定在6月16日。叔叔想要交保证金给猎人，但是被一口回绝了。

"艾弗德[2]。"猎人说。

"之后再付。"教授转述给我听。

契约谈妥后，汉斯便毅然离开房间。

"好一个了不起的人才，"叔叔喊道，"不过他完全没料到他将来要扮演的角色多值得骄傲。"

"所以他会陪我们直到……"

"对，艾克赛，直到地心。"

还剩四十八小时要打发。遗憾的是我得打包行李。我们的聪明才智全都用来找出最有利的摆放法，科学仪器放这边，武器在那边，工具在这个包裹里，粮食在那个包袱里。林林总总共四大类。

----

1 银元（rixdollar）是古代在北欧国家流通的一种银币。
2 丹麦语efter，意指之后。

科学仪器包含：

一、艾格尔摄氏温度计，量度范围直到一百五十摄氏度，我觉得刻度太大或太小——测量气温的话嫌太大，因为地底下的气温如果升高到那个地步的话，我们早就被烤焦了。但是如果拿来测量泉水的温度或是其他熔融物质，又不够了；

二、压力计，以便标示大于海平面大气压力的气压。大气压力会随着我们愈往地表下移动而递增[1]，一般的气压计将不复使用；

三、日内瓦小柏松纳计时器，按照汉堡的经线校准完毕；

四、两个罗盘，一个测量倾角，一个测量偏角；

五、一双夜视镜；

六、两架伦可夫照明仪器[2]以及一个感应式线圈，能将电池制造出的电流接上一个装置特殊的灯笼。灯笼里有一个真空的玻璃蛇形管，蛇形管里面只残留二氧化碳或氮的残渣。当照明仪器开始工作时，气体便会发出持续的白光。电池和线圈都放在一个斜背皮包里，而灯笼位于袋外，它的光线足以照亮最深的黑暗。就算旅人走在可燃性极高的气体当中也没有爆炸之虞，甚至到了最深的水底，灯光也不会熄灭。伦可夫是一位学者，也是精明的物理学家。他最伟大的发明是感应式线圈（他在1864年获颁法国五年一度的最奇妙电器大奖，奖金是五万法郎），可以制造高压电，可透过电流造光，便于携带，安全而且不占空间。

武器包含了两把卡宾枪，还有两把科尔特手枪。为什么要带

---

1 海平面为一个大气压，往下每10公尺，大气压力会增加一（海平面下10公尺即为两个大气压）。

2 原书注：伦可夫（Ruhmkorff）照明仪器内含一具本生电池（依靠重铬酸钾启动，这个过程并不会产生气味）。

武器呢？我想我们不需要吓跑野人或猛兽吧。但是叔叔似乎很宝贝他那些兵器，待之有如他的科学仪器，尤其钟爱那些无以计数的硝化纤维。硝化纤维受潮也不会变质，膨胀力比一般粉末状的高出太多。

工具包含两把十字镐、两把鹤嘴锄、一副丝绳梯、三根包铁棍子、一把斧头、一把榔头、十来个凿子和铁钉，还有很长的绳结。这些东西的包袱非常巨大，因为梯子就有一百米长。

最后还有食物，包袱不大，但是令人安心，因为我知道肉精和干粮足以吃上六个月。饮料部分只有杜松子酒，完全没有水，但是我们带了水壶，叔叔打算用泉水来装满水壶。我虽然针对水质、水温，甚至找不找得到水提出质疑，但是抗议无效。

为让旅行用品的清单更完整，我还记下一个可携式药箱，内有圆头剪刀、骨折用夹板、坯布棉带、绷带和纱布、OK绷、盛血皿等所有触目惊心的东西，以及一整套装有糊精、治伤用酒精、液态乙酸铅、乙醚、醋和阿摩尼亚的瓶瓶罐罐，各种使用起来不太令人安心的药品。最后是伦可夫照明仪器的必需品。

叔叔绝对不会忘记储备烟草、火药和火绒，也不会忘记围在他腰际的那条皮带，内藏大量金币、银币和文件纸张。更不会忘记他那些涂了柏油防水的橡胶好鞋，在工具类里面高达六双。

"有这一身的衣鞋和装备，不怕行不了万里路。"叔叔对我说。

14日整个白天都用来整理安排这些不同的物品。晚上我们到特伦普男爵府上晚餐，陪同者有雷克雅未克市长和冰岛名医亚塔林先生。弗里德克森先生不在宾客之列，我稍后才得知总督和他在某个行政问题上意见分歧，不相往来。因此这场半官方餐叙中的谈话内容，我没有机会明白一个字，只注意到叔叔一直在讲话。

隔天，15日，准备工作结束了。我们的东道主交给教授一张冰岛地图，细致完美的程度绝非韩德森那张可以相比，教授开心得眉飞色舞。这张地图是欧拉夫·尼可拉斯·欧森根据席尔·费萨克的大地测量结果以及比约恩·古恩劳森[1]的地形测量图所绘制的地图，比例尺是1：480000，由冰岛文学协会印行。对矿物学家而言，这是一份珍贵的资料。

我们和弗里德克森先生闲话家常，共度最后一晚，我深深喜欢他的陪伴。闲谈过后，紧随而来的是辗转反侧的一夜，至少我是如此。

早上五点，四匹马在我窗下踩地，长声嘶鸣，把我吵醒了。我匆匆忙忙穿好衣服，下楼到街上去。汉斯就快搬完我们的行李，他几乎没使什么力，手脚却灵活不凡。叔叔的手不比他的嘴巴忙，而向导看起来根本没把他的唠叨听进去。

一切都在六点钟结束，弗里德克森先生跟我们握手。叔叔用冰岛语诚挚感谢他的亲切款待。至于我，我说了几句最标准的拉丁语，致上我最由衷的心意，接着我们上马，弗里德克森先生在作最后的道别之际，对我抛出弗吉尔似乎为了我们这些前路茫茫的旅人而写的诗句：

　　　　无论命运之神指引的是哪一条路，我们都会跟着走。[2]

---

1 比约恩·古恩劳森（Bjorn Gunnlaugsson, 1788—1876）是一位冰岛数学家、地图学家。
2 原文为 "Et quacumque viam dederit fortuna sequamur"。

第十二章

我们出发时密云四布，但是气候稳定。没有让人疲劳的慑人热气，也没有令人烦闷的雨。这是个适合观光的天气。

策马穿越一个未知国度乐趣无穷，让我在旅途的一开始，态度随和许多。我就像个快快乐乐外出踏青的旅人，浑身充满希望，自由自在。我总算下定了决心。

"何况，"我告诉自己，"在最奇妙的国度里旅游，去爬一座雄伟壮丽的山，万不得已得下去死火山口底，又算冒什么险呢？显然这个萨克努森也不过就做了这些。通往地心的地道纯粹是他杜撰的，根本不可能有！所以我就尽情把握这次的探险，别再瞻前顾后了！"

才这么跟自己开导完，我们就离开了雷克雅未克。

汉斯带头走在前面，脚程快，步伐平均而且持续。两匹驮马跟着他。接下来是叔叔和我，我们坐在体形虽小却很健壮的马上，看起来丝毫不减拉风。

冰岛是欧洲的大岛之一。它的海岸线有五千三百平方公里，却只有六万个居民。地质学家将它分成四个区域，我们要斜越西南那块当地称为"苏德维斯特·佛都格（Sudvestr Fjordungr）"的区域。

汉斯在离开雷克雅未克后，立刻沿着海边走。我们穿越贫瘠的牧地，牧草辛辛苦苦要让自己变绿，却不如变黄来得成功。粗面岩堆凹凸不平的顶端在东方地平线的薄雾中变得朦胧不清。偶尔可见几块白雪将漫射的光线收集起来，在远方山峰的斜坡上烁烁闪耀。某些高峭的顶峰裂破灰云，重新出现在飘摇的烟岚之上，宛如云海中的暗礁。

这些层峦叠嶂的干燥岩石经常往大海延伸成一个岬角，并且侵占到牧场上来，但是总有足够的空间供人穿越。而且我们的马靠本能选择便于行走的路，从来不必放慢脚步。叔叔甚至连出声或甩鞭去催马快跑的这个慰藉都没了，更别说还有机会不耐烦。看见他这么人高马大的一个人坐在一匹小马上，我就忍俊不禁，而且他的长腿擦过地面，看起来就像一匹六脚人马。

"好畜生！真是好畜生！"他说，"艾克赛，你将会见识到没有一种动物的智力胜得过冰岛马，大雪、狂风、无法通行的路、悬岩、冰川，什么都阻止不了它。它勇敢、不挑嘴又可靠。从不踏错一步，从来不会大惊小怪。就算遇上河流、峡湾，它也迎头向前，你会看见它下水也毫不迟疑，就像两栖动物，还能抵达对岸！但是别催它，让它自行去反应，我们大概一天可以走四十公里路。"

"我们当然可以，"我答道，"但是向导呢？"

"噢！我一点都不替他担心。这些人哪，根本没意识到自己在走路，他几乎没出力，应该不会累才对。而且如果他有需要，我会把我的马让给他。如果我不活动一下筋骨的话，很快就会抽筋了。手臂是没问题，但也要替腿着想一下嘛。"

我们继续快速地前进，沿途的景色已经差不多清冷了起来，疏落地散布着零星几户以木头、泥土、熔岩筑成的，孤零零的农舍，看上去就像低凹路边的乞丐。这些破败的小屋好像在哀求过路人发发慈悲，而我们也差一点就要施舍了。在这个国家里，马路甚至小径都付之阙如，而花草成长得再如何缓慢，也会很快就抹去罕见旅人的足迹。

然而这块郊外区域离首都不过一箭之遥，算是冰岛几个有人烟、有耕地的部分。那么比这块荒漠还要更荒凉的地方会是什么样子呢？我们都已经走了一公里路了，还没碰到哪位农夫站在他的农舍门前，也没瞧见哪位原始的牧羊人在放牧一群比他更野生的动物，只有几只母牛和绵羊自生自灭。因此那些受到火山喷发和地震的剧烈震荡、混乱而形成的地区，又会是什么模样呢？

我们注定会在稍后见识到，可是查看欧森的地图，我发现我们沿着蜿蜒的海岸线，避开了那些地区。的确，深成岩的剧烈运动尤其集中在岛屿内部。那个地方有北欧语称为"阶梯"的水平岩层，粗面岩层，来自火山喷发的玄武岩、凝灰岩和所有火山砾岩，还有岩浆及熔融斑岩，都让这个国家呈现出超乎自然的狰狞面貌。我完全想不到在斯奈佛斯半岛等着我们的景色会是什么模样，想必狂暴的大自然造成的损害，在该地形成了一个奇妙特异的乱象吧。

离开雷克雅未克两小时之后，我们抵达古弗恩镇，这里被称为"奥尔欧基亚（Aoalkirkja）"或是"主教堂"。古弗恩镇平凡无奇，只有几栋房屋，在德国仅能勉强凑成一座小村子。

汉斯在那里停留半小时，我们三人享用了一顿清茶淡饭。叔叔问汉斯路况，他以"是"和"不是"简短作答，而当我们问到他打算在什么地方过夜，他只回了一句"戈达"。

我查看地图，想知道"戈达"是什么。我在鲸鱼峡湾岸边看到一座同名小镇，离雷克雅未克三十公里远。我拿给叔叔看。

"才三十公里！"他说，一百七十多公里的路我们才走了三十公里！我们是来散步的啊？"

他想找向导抱怨几句，但是汉斯未加理会，径自回到马匹前头去，开始走路。

三小时后，我们仍旧走在褪色的牧草上，必须绕过克拉峡湾。比起穿越峡湾，绕路比较容易，也不那么费时。不多久，我们就进入人称"平史戴尔（Pingstaoer）"或"地方法院"的艾殊堡镇。如果这些冰岛教堂富裕到能拥有一口钟的话，钟楼就会刚刚敲响正午的报时，但是这些教堂就跟其教区人民差不多，而这些居民都没有表，也用不着表。

待马儿歇息进食过了，它们带着我们走过被山峦和大海包夹的海岸线，马不停蹄地载我们到布朗塔村的"主教堂"，然后再到两公里之外，位于鲸鱼峡湾南岸上的绍波尔，又称为"阿尼克菲亚（Annexia）"或是"附属教堂"。

下午四点的时候，我们走完了三十公里路。

峡湾在这里起码有一公里这么宽，汹涌的海浪泼泼刺刺地拍打在巉岩上。峡湾的开口在悬岩之间不住扩大，而这些悬岩全是些高达一千米的峭壁，因为红色调的凝灰岩分隔咖啡色岩层而相当惹眼。不管我们的马多聪明，我都不认为坐在四足动物背上穿越海峡是一件明智的事。

"它们如果真聪明，"我说，"就不会去试着通过了。反正我比它们聪明就行了。"

　　但是叔叔不想等，一夹马腹，命它往海滨走。他的坐骑过去嗅一嗅脚边的浪花，然后止步。叔叔本能地催它前进。马儿再度拒绝，它摇摇头。叔叔接着一阵打骂，但是马儿的两条后腿腾空一蹬，打算让骑士落马。最后小马弯曲后腿，从教授的腿下挣脱，留下教授直直杵在海滨的两块岩石上，活像一尊罗得岛巨像[1]。

　　"啊！该死的畜生！"瞬间变成行人的骑士叱道，他就像骑兵队军官降为步兵一样脸上无光。

　　"法雅[2]。"向导碰碰他的肩膀。

　　"什么？有船？"

　　"德[3]。"汉斯指着船答道。

　　"对，"我喊道，"那里有船。"

　　"早讲嘛！那就上路吧！"

　　"替满等[4]。"向导又说。

　　"他说什么？"

　　"他说潮汐。"叔叔帮我翻译这句丹麦语。

　　"所以我们一定得等到涨潮吧？"

　　"否比达[5]？"叔叔问道。

　　"耶[6]。"汉斯答道。

---

1 希腊罗得岛的港口曾经矗立着一座太阳神赫利俄斯（Helios）的青铜像（Colossus of Rhodes），但是在公元前226年毁于地震。

2 farja，意思是"船"。

3 der，意思是"那里"。

4 tidvatten，意思是"潮汐"。

5 forbida，意思是"等待"。

6 ja，意思是"是的"。

叔叔跺跺脚，马儿往小船走去。

我十分清楚为什么非要等涨潮涨了一段时间再渡海。海水涨到最高点的时候是憩潮，没有潮涨潮落，因此船只不会有沉船或是被送出海的危险。

最佳时机直到晚上六点才出现。叔叔、我和向导、两位船夫、四匹马，在一艘好像不够扎实的舢板上就位。我坐惯易北河上的蒸汽艇，不禁觉得船夫的桨逊色好多。横渡海湾费时一个小时以上，但是总算无惊无险。

再过半小时后，我们抵达了戈达的"主教堂"。

第十三章

　　照理天应该已经黑了，但是在纬线六十五度上，北极区依旧亮如白昼没什么可惊讶的。整个6月和7月，冰岛的太阳都不会下山。

　　然而气温却下降了。我开始觉得冷，尤其饥肠辘辘。冰岛农舍敞开好客的大门，欢迎我们。

　　这里虽是农人的家，但说起待客之道，堪称皇宫。我们人一到，主人就朝我们伸出手来，然后不再多礼，示意我们跟着他走。

　　我们也当真只能尾随于后，因为不可能与他并肩同行。一条狭长幽黑的走道通往这栋用不甚方正的横木建筑而成的房子，并且也通到每一个房间。这里有四间房：厨房、纺织室、全家人的主卧室"巴德斯托发（badstofa）"，以及当中最豪华的外宾客房。盖房子的时候没人想到有叔叔这么高的人类，因此他的脑袋在天花板上的椽梁撞了三四次。

　　我们被带到客房。这间大厅的地面是夯实的泥土地，有一扇窗户采光，窗玻璃由半透明的绵羊膜替代。两个漆成红色、饰有冰岛格言的木框中铺满干草，这是我们的卧具。我没有料到房间会这么舒适。只不过浓烈的鱼干、腌肉和酸奶气味弥漫在整栋屋子里面，熏得我受不了。

就在我们把行李装备摆到一旁以后，传来东道主的声音，他邀请我们到厨房去。就算天气极寒，那里也是唯一生火的房间。

听见这个善意的指令，叔叔急忙依言行事。我跟着他走。

厨房里的壁炉款式古老，房间中央的那块石头就是炉灶，顶上开了一口洞，排放炊烟。厨房也作为餐厅使用。

我们进入厨房时，东道主仿佛从没见过我们似的，说了一声"萨耶面都（saellvertu）"招呼语，这句话的意思是"祝您快乐"，然后上前亲吻我们的脸颊。

他的妻子继他之后，也同样行礼如仪。接着夫妇俩把右手置于心脏上，深深一鞠躬。

我得赶快声明，这位冰岛妇女育有十九个孩子。每个小孩，无论大小，都在满屋子的缭绕烟雾中万头攒动。我随时都能看见一颗有点忧郁的金色小脑袋瓜，从蒙蒙烟雾中探出来。好像一成串脸洗得不够干净的小天使。

叔叔和我亲亲昵昵地迎接"这一窝小东西"，因此要不了多久，就有三或四个小鬼头爬上我们的肩膀，另外三四个坐在膝头，剩下的就在双腿间。已经会说话的就以所有想象得到的各种音调重复着"萨耶面都"，不会说话的就使劲儿哇啦乱叫。

开饭的宣布声中断了这场音乐会。这个时候猎人走了进来。他刚刚去喂马，换句话说，放它们在原野上自由行动，这样最省事。这些可怜的动物只有悬岩上罕有的青苔、不太营养的墨角藻可吃，次日还不忘回来重拾前一天的工作。

"萨耶面都。"汉斯进来时打了一声招呼，接着从从容容，自动自发地亲吻了主人、女主人和他们的十九个小孩，每个亲吻都不带任何感情。

寒暄结束，我们二十四个人陆续就座。因为人数太多，我们只好一个叠一个，成了名副其实的叠罗汉。腿上只坐两个小鬼算运气好的。

汤上桌了以后，这一小群人就静默了下来，连冰岛小孩都有的沉默寡言天性重新夺回统治权。主人盛了地衣浓汤给我们，并不难喝，接着是一大份鱼干，泡在放了二十年的酸奶油里，在冰岛人的美食观念里，酸奶油比新鲜奶油美味。还有"斯给（skyr）"，这是一种加了杜松子汁提味，搭配饼干吃的奶酪。最后，我们喝的饮料是冰岛人称为"布兰达（blanda）"的掺水乳清。这个特殊的饮食是好是坏，我无法判断。我饿坏了，还把甜点的荞麦稠粥吃个精光，半口不剩。

用完餐后，孩子们都不见踪影。大人围着火炉，炉内烧着泥炭、欧石南、母牛粪、鱼干骨。接着，大伙儿取完暖之后，各自回房。有传统美德的女主人表示要帮我们脱掉袜子和裤子，但是我们用最和蔼的态度婉拒了，她也不坚持，而我总算能窝进我的干草床中了。

第二天早上五点，我们告别冰岛农夫。叔叔费了一番工夫才让他收下适当的报酬，然后汉斯发出启程的信号。

离戈达百步之遥，大地开始改变面貌。沼泽变多，较不利于行走。右方是绵延不绝的山岭，有如广大无边的天然屏障，我们沿着它的外壕，途中经常遇上溪流，我们不得不涉水而过，同时小心别把行李打湿了。

景色愈发苍凉，然而远方偶见人影窜逃。当蜿蜒的道路意外地将一个鬼魂带到我们面前，就可以看到一颗肿胀油亮，顶上无毛的头颅，还有从破衣裂口暴露出来的令人作呕的伤口，这时我就会蓦地嫌憎起来。

这可怜虫非但不会过来伸出他畸形的手，反而转身就逃，只是速度往往不如汉斯惯常的"萨耶面都"招呼声来得快。

"史贝戴奥斯克（spetelsk）。"他说。

"麻风病人！"叔叔转述。

光听这个词就足以令人生厌。麻风在冰岛是很常见的疾病，虽然不会传染，却会遗传，因此这些可怜人被禁止嫁娶。

这些人的现身无法让愈趋凄惨的景色更愉悦。最后几株草在我们脚下凋萎。除了几丛矮得好比灌木的桦树之外，就没有别的树了。也不见动物的踪迹，除了几匹主人无力喂养，任凭在阴郁平原上流浪的马。

偶尔可见一只隼在灰云中翱翔，振翅飞往南方大陆。我落入在这片蛮荒的忧郁中，并回忆起我的故乡。

我们很快就得穿越好几个默默无名的小峡湾，最后则是真正的海湾。当时是憩潮，我们无须等待就横渡而过，抵达位于2公里远的艾夫坦小村。

晚上，在涉水横渡亚勒法和赫塔这两条充满鳟鱼和白斑狗鱼的河流后，我们被迫夜宿一栋被弃置的破屋，这屋子活该有全北欧神话里的精灵来作祟。冷精灵一定是卜居于此了，整晚都在施展它的看家本领。

次日一整天都没有特殊事件。地面依旧沼泽遍布，景致一样单调，同样愁眉苦脸。晚上我们走完该走距离的一半，在克索伯特村的附属教堂里打尖夜宿。

6月19日，熔岩在我们脚下迤逦了约莫两公里路，这类地形在这个国家被称作"赫鲁（hraun）"：表面皱巴巴的熔岩呈绳索状，有时拉直，有时盘卷。一片广阔的岩浆从邻山（目前是死火山，但是这些残岩见证了昔日喷发有多么暴烈）上流下来。随处可见蒸蒸腾腾的温泉水气。

我们没工夫观察这些现象，还有路要赶。不多久，沼泽遍布的地面又出现在我们坐骑的脚下，小湖泊在地面上星罗棋布。我们现在向西迈进，也确实绕过了广大的法赫萨湾，斯奈佛斯的白色双峰耸峙云中，就在不到十公里之外。

马儿都行走自如，地面虽然难行，却难不倒它们。至于我，我开始觉得非常疲乏，叔叔还是跟第一天一样直挺，昂首挺胸。我无法不赞佩他还有猎人，这趟远行对后者来说，只是出门转转而已。

6月20日星期六，晚上六点，我们抵达滨海小镇布迪尔，向导索讨约定好的酬劳。叔叔付清了。汉斯的亲戚就住在这里，他的叔伯和堂兄弟热情地欢迎我们。我们受到盛情款待，我很乐意在不过度叨扰这些好人的情况下，待在他们家消除旅途疲劳。只是叔叔可不这么想，毕竟他没什么需要恢复的，因此隔天我们又跨上我们的好马。从地质便可看出斯奈佛斯就在不远处了，花岗岩的根基从土里冒出来，宛如一棵老橡树的根。我们绕过火山广阔的山脚。教授的眼睛没有离开过它，他指手画脚，似乎在向它挑战，说："这就是我要驯服的巨人！"最后，经过二十四小时的步行，马匹自行在斯特皮的本堂牧师住宅门前停下来。

第十四章

斯特皮是一座由三十来栋建筑在遍地熔岩上的小屋所组成的小镇，火山反射下来的阳光照耀其上。一座小峡湾有山壁夹岸，给人诡奇的感受，小镇就延伸在峡湾尽头。

我们知道玄武岩是一种深色的火成岩。它的形状规则，分布情形令人惊艳。这里的大自然仿佛跟人类一样，手拿角尺、圆规和铅线，按照几何图形进行打造。大自然在其他各地利用凌乱的巨岩，草率马虎的火山锥，不匀称的金字塔，接连的奇怪线条，展现它乱无章法的艺术观。但是这里，大自然却想要成为秩序的典范，而且早在古代建筑之前，就已经创造了一套严格的规则，无论是辉煌的巴比伦，还是奇美的希腊，都不曾超越它。

爱尔兰的巨人堤道[1]、赫布里底群岛之一的芬哥洞窟[2]，如雷贯

---

1 巨人堤道（Giant's Causeway）位于北爱尔兰北端，有非常特殊的地貌景观。无数高高矮矮的玄武岩柱形成阶梯，延伸入海。根据盖尔人的传说，爱尔兰巨人芬恩建造了这条堤道，以便能与苏格兰巨人对战，但是芬恩暗地发现对手体型比他大上许多，躲回家中。苏格兰巨人一路追来芬恩家门口，芬恩的妻子智计深长，将芬恩打扮成婴儿，苏格兰巨人见芬恩的孩子都如此庞大了，他本人更不用说。骇然而返的苏格兰巨人破坏堤道，让芬恩无法追击他。
2 芬哥洞窟（Fingal's Cave）位于苏格兰赫布里底群岛（Hebrides）的斯塔法无人岛（Staffa）

耳，但是玄武岩地基的胜景我还从未目睹过。

然而这个景观在斯特皮以极致的奇丽姿态亮相了。

峡湾的山壁和半岛的海岸都由一列高十米的垂直石柱组成。这些笔直、匀称的柱身支撑着一个由水平石柱形成的拱门饰，这些水平石柱悬垂在大海上方的部分呈半拱形。每隔一段间距，我们的眼睛可以在这天然的房檐下看出一些花样令人赞赏的尖拱形开口。汹涌而来的白浪中穿而过。被怒海拉扯下来的几截玄武岩像一座古神殿的断垣残瓦，铺了一地，历经数百年的岁月却无损壮丽，恍若青春永驻的废墟。

这里就是我们地面之旅的最后一站。汉斯带我们到这里来是非常聪明的决定，想到他还会继续陪伴我们，我就稍觉放心。

我们来到本堂牧师住家门前。这栋朴素的低矮小屋并不比邻居家来得堂皇或舒适。我看见一个男人手持榔头，腰扎皮围裙，正在帮一匹马上蹄铁。

"萨耶面都。"猎人对他说。

"古得格[1]。"马蹄铁匠用纯正的丹麦语答道。

"古贵哈戴[2]。"汉斯转过来面对叔叔说。

"他就是牧师！"叔叔转述，"艾克赛，这位乡民好像就是牧师。"

这段期间，向导向牧师说明情况，后者停下手边的工作，尖声一叫，铁定是马匹和马贩之间的沟通语言，接着，一位魁梧的

上。整座岛和洞窟都是由六角形的玄武岩柱构成，地质类似巨人堤道。因为天然形成的拱顶以及海浪的奇异回声，让洞窟宛若一座教堂。"芬哥"的名称来自于18世纪苏格兰历史学家兼诗人詹姆士·麦克佛生（James Macpherson）的史诗著作中的巨人名字。

1 god dag，见面招呼语，意指美好的一天。

2 kyrkoherde，意指牧师。

母夜叉走出小屋。她就算没有两米高，也相去不远了。

我怕她按照冰岛礼仪，凑过来亲吻旅客，但是没有，甚至连领我们进屋都不情不愿的。

外宾客房狭窄秽臭，在我看来是整栋牧师住宅里最糟糕的。我们只能忍耐。这位牧师似乎不来古人杀鸡炊黍那一套。差得远了。我在这天结束之前，发现我们的东道主是一名铁匠、渔夫、猎人、木工，哪里是上帝的使者？的确今天是平常日，或许到了星期天，他就会弥补他的失职吧。

我不愿诋毁这些穷牧师，毕竟他们都非常贫困。丹麦政府给他们的待遇很可笑，从教区征收来的什一税的四分之一，连60马克[1]都不到！因此为了生计，他们有必要工作。但是捕鱼、狩猎、上蹄铁，终究会染上猎人、渔夫和其他粗人的习性、腔调和品德。当天晚上，我就注意到浅酌并不包含在我们东道主的美德里。

叔叔很快就明白东道主是个什么样的人，不是正直可敬的学者，而是粗鲁鄙俗的乡民。于是他决定尽早上路，离开不甚好客的牧师住所。他无视旅途劳累，决定到山上去住个几天。

因此，我们到达斯特皮的隔天，启程的准备工作就已经就绪。汉斯雇了三位冰岛人取代驮马，不过我们一到达火山口底，这三位当地人就会折返，留下我们自立自强。这一点就这么敲定了。

此时，叔叔也告诉了猎人他的打算，会继续将火山探勘到底。

汉斯只管点头。火山底还是其他地方，深入岛屿底下或是跑遍全岛，他都不觉得有什么不同。至于我，直到刚才都还因为旅途上的点点滴滴而分神乱想，有点忘记之后的事，但是此时我感

---

1 原书注：汉堡钱币，大约90法郎。

到内心惶惶不安，远胜以往。怎么办？如果我能对李登布洛克教授说不，早在汉堡就试了，还会等到斯奈佛斯的山脚下吗？

比起其他念头，有一个特别令我惶悚，足以震撼比我还粗枝大叶的人。

"所以，"我对自己说，"我们准备登上斯奈佛斯，好。我们要去参观它的火山口，行。其他人去看过也没死。但是事情还没完。如果真有一条路可以通往地底内部，如果萨克努森这个扫把星所言不虚，那我们就要迷失在火山的众多地道中了。可是谁敢肯定斯奈佛斯是死火山呢？谁能证明它没有在酝酿一场喷发呢？这个怪物从1229年开始沉睡，但它难道不能醒过来吗？要是它苏醒过来，我们的下场会如何啊？"

这件事值得我们费思量，而我不只白天思量，连睡觉时都无法不梦到火山喷发，而且我觉得要我扮演炉渣的角色未免太过分了。

最后我忍无可忍，决定把情况呈报给叔叔知道，我得尽可能灵巧地把问题说得好像这只是个全然不可能成真的假设。

我去找他，告诉他我害怕的事，接着站远一些，让他发火发个过瘾。

"这我想过。"他一语带过。

这句话是什么意思？所以他要听从理性的声音吗？他考虑过要中断计划？这简直好到不像是真的。

经过几分钟的静默——这段时间内我都不敢发问，他才又开口说："我也想过。从我们抵达斯特皮，我就在担心你刚刚讲的那个严重问题，因为我们不该草率行动。"

"是不该。"我用力地回答。

"斯奈佛斯沉默了六百年，但是它可以说话。火山喷发之前总会有一些清楚可辨的迹象，所以我问过当地居民，也研究过地面，我现在可以告诉你，艾克赛，火山不会爆发。"

听到这番断言，我惊诧不已，只能语塞。

"你怀疑我说的话吗？"叔叔说，"好，你跟我来。"

我下意识照办。我们出了牧师住宅的大门，教授穿越玄武岩壁的一个开口，走上一条远离大海的直路。不多时，我们就来到一片旷野——如果可以这么称呼一个辽阔的火山喷出物巨堆的话。这个地方看起来就像被一阵由玄武岩、花岗岩和所有辉石岩组成的巨石雨砸个平扁。

处处可见火山气体冉冉上升至空中，冰岛人称这些来自温泉的白色蒸汽为"瑞给[1]"，蒸汽狂冒表示地底下有火山活动。我觉得这证明了我害怕的事，我的心顿时凉了半截，这时叔叔对我说："你看到这些烟了吧，艾克赛。这就证明我们根本不必怕火山发怒！"

"什么？"我惊叫出声。

"好好记住这点，"教授继续说，"火山快要喷发的时候，火山气体会加速活动直到完全消于无形，因为流体少了必要的压力，会取道火山口而非透过地表裂缝来散逸。所以如果蒸汽维持惯常状态，能量没有增加，再加上没有滞闷安静的大气取代风雨，那么你可以肯定近期不会有火山喷发。"

"可是——"

"够了。科学说话了，我们只有闭嘴的份儿。"

我垂头丧气地回到牧师住所。叔叔用科学理论击溃我。然而

---

1 reykir，意为"抽烟者"。

我依然心存希望，那就是一旦抵达火山口底，因为没有通道，不可能再往下走了，这样一来，就算萨克努森复生，也成不了事。

接下来的一夜，我噩梦连连，置身火山及地底深处当中。我感觉自己变成喷发岩，被射到太空去。

翌日，6月23日，汉斯和他负责背负粮食、工具和科学仪器的同伴等着我们。两根包铁棍子、两把枪、两盒弹匣都是留给叔叔和我的。汉斯防患于未然，在我们的行李上多加了一个装满水的羊皮袋，羊皮袋就附在我们的水壶上，足足有八天份的水。

现在是早上九点。牧师和他那高大的母夜叉在门口等着。他们一定是想在临别之际向旅客致上东道主最至高无上的情意吧。岂料这个致意竟是一张巨额账单！我敢说牧师住所那熏死人不偿命的空气都被算进去了。这对自抬身价的可敬夫妇像瑞士旅舍主人那样漫天开价，狠狠敲了我们一笔。

叔叔没有啰唆就付清了，一个要去地心的人是不会在意那几个银元的。

解决了这一点，汉斯发出启程的信号，片刻后，我们就离开斯特皮了。

第十五章

斯奈佛斯高一千四百多米，它的锥形双峰是一条粗面岩带的尽头，这条粗面岩带在冰岛的山系中相当与众不同。从我们的出发点所在，看不到灰蒙蒙的天空背景衬托出来的那两座峰顶。我只隐隐看见一顶巨大的白雪圆帽，低低地压在巨人额前。

我们顺次走着。猎人带头，他爬上两人无法并肩齐走的羊肠小道，因此几乎无法对话。

到了斯特皮峡湾的玄武岩山壁另一边，第一眼就看到纤维状的草本泥炭地面，这是斯奈佛斯半岛沼泽地从远古遗留下来的植物残渣。这么一大块尚未开垦的燃料，足以供全冰岛人口加热一整个世纪了。这广阔的泥炭岩层从某些沟壑底部量起，经常可达二十米高，其一层层的碳化岩屑把富含气孔的凝灰岩纹层区隔开来。

我到底是李登布洛克教授的侄儿，尽管忧心忡忡，还是津津有味地观察起这些陈列在这宽广无边的自然史陈列室里的矿物界奇胜，同时在脑子里重温冰岛的整段地质历史。

这座如此奇妙的岛自然是从水底升上来的，时代不会太过久远，说不定一种看不见的运动还在把它抬升上来呢。若真是如此，我们便只能将这个现象的来源归因于地底下的岩浆。若在这种情况下，亨佛莱·达维的理论、萨克努森的秘密、叔叔的奢望，全都将化为泡影。这个假设让我留意起地质形态，而我很快就搞懂了主要形成冰岛的系列现象。冰岛完全没有沉积岩，独由凝灰岩组成，也就是一种多气孔结构的集块岩。在火山出现以前，它是被地心的力量慢慢抬升至海面上的玄武岩台地，内部的岩浆尚未涌到外面。

但是稍后，岛的西南方往西北方斜陷下去，形成一道宽大的裂缝，粗面质岩浆慢慢涌出。出口很大，所以这个现象温和地完成了。从地心喷出来的熔融物质平静地扩展成宽广的岩幕或是呈乳头状的岩块。这个时代出现了长石、正长石和斑岩。

不过拜此所赐，冰岛的厚度大幅增加，接着是抵抗力。我们可以想象得到大量的流体累积在里面，而在粗面岩硬壳冷却了以后，无法再提供出口，因此等到这些气体的机械动力增大，就抬起了沉重的地壳，并下陷形成深邃的管道。抬升的地壳形成了火山，接着顶峰突然破了一个火山口出来。

喷发现象之后，紧接而来的就是熔岩流涌出的火山现象，玄武岩喷出物率先透过新形成的开口涌出，我们目前穿越的平原就是这样来的，我们眼睛看到的都是玄武岩最美妙的种类。我们走在这些沉重的深灰色岩石上，这些深灰色岩石在冷却的时候，凝固成底部呈六角形的角柱体。远方是为数繁多的扁平火山渣锥，可见昔日有这么多的火山口。

接着，玄武岩的喷发结束，火山因为其他某些火山口熄灭了而力量增强，提供通道给岩浆、火山灰及火山碎屑。我看见长长的熔岩流披散在火山的侧边上，宛如丰盈的头发。

这就是形成冰岛的一系列现象。全都是来自火山内部的活动。假设地核并非恒久炽热的液态是痴心妄想，那宣称要抵达地心更是妄想！

所以我不再担心此行的结局，一边迈开大步，前去攻下斯奈佛斯。

路愈发崎岖难行。地面隆起，碎岩松动，我们必须打起十二分精神，才能避免险遭跌坠的不测。

汉斯稳健地前进，如履平地。他有时消失在巨岩后面，我们暂时失去他的踪影，然后一阵尖锐的哨音自他嘴里发出，指示我们跟随的方向。他也常常驻足，挑拣碎石，摆成容易辨识的样子，作为回程的路标。谨慎是好事，但是后续之事却枉费了汉斯这番心力。

三小时疲惫不堪的长途跋涉只把我们带到山脚而已。汉斯发出停步的信号，然后大家草草吃了一顿午餐。叔叔两块两块往嘴里塞，想赶快吃完，只是这次的休息必须看向导的意思，而他在一个小时后才发出上路的信号。那三位冰岛人跟他们的猎人同伴一样沉默寡言，一言不发，很有节制地用餐。

我们现在开始爬斯奈佛斯的山坡。因为山区常见的视觉幻象，我觉得它覆雪的山顶离我非常近，然而在抵达山顶之前，其实还有漫漫长路。更别说会有多累人！缺乏泥土或青草附着的疏松石头从我们的脚底下坍落，以雪崩似的速度坠落平原上，转眼无影无踪。

某些地方的山侧和地平线形成至少三十六度的角度，不可能爬得上去，而绕过陡峭的斜坡又相当艰辛，我们需要借助棍子帮忙。

叔叔尽可能走在我身边，他的视线不曾离开我，手臂曾多次提供我稳固有力的支撑点。至于他自己，应该天生就有平衡感，因为他的脚步从不跟跄。那些冰岛人虽然身负重荷，攀登的时候，仍是像山民那样敏捷。

望着高高在上的斯奈佛斯山顶，我觉得坡度再不趋缓的话，我们不可能从这一面攻顶。所幸辛苦劳顿了一个小时以后，从火山圆顶铺展下来的宽阔的雪白地毯中，意外出现了一种类似楼梯的东西，让我们上山变得简单多了。冰岛人称它"史蒂娜（stina）"，成因是火山喷射出来的其中一道土石流。若非山侧恰好阻止了落势，这些石头就会疾坠入海里，形成新的岛屿。

它这个样子帮了我们一个大忙。坡势愈走愈陡，但是这些石阶帮助我们轻易爬上去，甚至健步如飞，快到我落后我的同伴才一段时间，他们遥远的身影在我眼里已经小得快要看不见了。

到了晚上七点，我们已经爬了两千个石阶，可以俯瞰一块类似基岩的突出物支撑着火山锥，亦即火山口。

在我们下方一千米之处大海延伸，我们已经超过雪线了，这里的雪线因为气候经年潮湿，在冰岛中不算太高。此处奇寒彻骨，风刮得很猛。我筋疲力尽。教授看见我的双腿已经不听使唤，他虽然一心想赶路，还是决定停下来。他向向导打个手势，后者摇摇头说："欧福兰佛[1]。"

"好像必须再爬高一点。"叔叔说。接着他问汉斯原因。

"密斯土乌[2]。"向导答道。

"耶，密斯土乌。"其中一位冰岛人语带恐惧地跟着说了一遍。

---

1 ofvanfor，意指"往上"。
2 Mistour，书中指的是由沙尘、碎石形成的风暴、龙卷风。

"那是什么意思？"我担忧地问。

"你看。"叔叔说。

我把视线放到平原上。一个肥大如龙卷风的浮石屑、沙尘柱，盘旋而起，让风吹压到斯奈佛斯山侧，也就是我们攀附的地方。这面半透明帘幕摊开在太阳前面，其巨大的阴影投射在山上。沙尘暴如果歪斜一边，就势必会把我们卷进它的旋风里。这个现象在风吹袭冰川的时候颇为常见，冰岛人称为"密斯土乌"。

"哈斯底[1]，哈斯底！"我们的向导喊道。

我虽听不懂丹麦语，却也明白我们得尽快跟着汉斯走。他已经开始迂回绕过火山口的圆锥，这样的走法让行进比较容易。很快，沙尘暴席卷而至，它的碰撞令火山簌簌跳动，被卷进旋风中的石块有如雨水飞溅，宛若火山喷发。谢天谢地我们在对面的山坡，逃过一劫。如果不是向导谨慎，我们粉身碎骨的尸体就会像某颗不知名的流星，落在远方。

然而汉斯认为在山坡上过夜并不安全。我们继续之字形地攀爬，剩余的五百米花费了将近五小时的时间。绕路、迂回行走和折返，少说也有六公里路。我饥寒交迫，撑不下去了。稍嫌稀薄的空气让我呼吸不过来。

最后，晚上十一点，在昏天黑地中，我们终于抵达斯奈佛斯山顶。去火山口内避风之前，我还来得及瞄了"午夜太阳"几眼，它正在运行的最低点，将苍白的阳光投射在我脚下沉睡的岛上。

---

1 hastigt，意为"加速"。

第十六章

我们这一小群人狼吞虎咽地把晚餐吃完，然后尽可能安顿自
己。卧榻硬邦邦的，掩蔽所又不甚牢固，位于海拔一千四百米上
面的我们，处境非常艰苦。然而这一夜，我却睡得特别香，是我
长久以来少数睡得最熟的一觉，甚至连梦都没做。

次日一早醒来时，我们沐浴在璀璨的阳光中，但是砭骨寒风
差点没把我们冻僵。我离开我的花岗岩卧榻，去享受眼前一望无
际的绝美胜景。

我独占斯奈佛斯的峰顶之一——南边的那一座。绝大部分
的岛都一览无遗。高海拔地区常见的视觉效果升起海滨，中央部
位反而看似凹陷下去。我还以为海尔贝斯默的其中一幅立体地势
图，就摊开在我的脚下呢！我看见深谷星罗棋布，悬崖凹陷如
井，湖泊变成池塘，河川成为涧溪。我右边是不可计数的冰川和
为数众多的山峰绵延相衔，其中几座山峰还有轻烟袅袅。连绵的
山峦起伏、浪沫似的皑皑白雪，令我联想起记忆中的翻腾海面。
如果我转向西边，会看见浩瀚无垠的海洋，有如那些白浪掀天的
山峰的接续。陆地在哪里结束，波涛又从哪里开始，我的眼睛几

乎分辨不出来。

我便这样沉溺于登高望远才体会得到的如入幻境的狂喜中，这一回没有头晕，因为我终于习惯壮丽的鸟瞰风光。我深深入迷的目光沐浴在倾泻的透明阳光中，我忘了自己是谁，身在何处，只为了体验北欧神话中虚构的精灵或是空气妖精的生活。我在顶巅飘飘欲仙，不去想命运之神稍后不久就要把我丢进万丈深渊了，但是教授和汉斯的到来把我带回现实，他们来山顶和我会合。

叔叔转向西方，手指着一缕轻烟、一片薄雾、一座海岸的轮廓。

"格陵兰。"他说。

"格陵兰？"我惊喊。

"对，我们离它只有一百四十公里。北极熊在融雪期可以被北方的浮冰一路运到冰岛。不过这不重要。我们在斯奈佛斯山顶，这里有南北两座山峰，汉斯会告诉我们现在站的这一座，在冰岛语里面叫什么名字。"

猎人听了问题后答道："斯卡塔里斯[1]。"

叔叔向我丢来一个得意的眼神。

"我们去火山口！"他说。

斯奈佛斯的火山口就像一个倒扣的圆锥，开口的直径有两公里。我估计它的深度约有六百五十米。试想这样一个容器盛满雷电和火焰时的模样。这个漏斗的底部圆周应该不会超过一百六十米，因此它的坡度颇缓，可以轻易到达内部。这个火山口让我不自觉联想起一把巨大的雷管[2]，而这样子一比较，我不禁毛骨悚然。

---

1 之前破解后的密文提及的斯卡塔里斯。
2 雷管是一种大口径的火枪，有喇叭状的枪管。

"这只雷管也许上了膛，"我心想，"一丁点儿碰撞都可能擦枪走火，在这种时候跑进枪管里面，只有疯子才做得出来。"

但是我不能退缩。汉斯一副满不在乎的模样，又到前面去带头。我一言不发地跟着他。

汉斯为了往下走容易一点，在火山口内走的路线呈非常拉长的椭圆形。我们必须走在火成岩中间，其中一些岩石松动脱落，边弹边跳，往火山口底直坠坠地落下去，引起音色非常奇怪的回音。

火山口内部有几处形成冰川，所以汉斯极其谨慎地前进，用他的包铁棍子探测地面，以便发现裂缝。来到危机潜伏的地面时，就必须用一条长绳索把我们绑在一起，要是某人失足踏空，他的同伴还可以撑住他。相互照应是防范措施，但是这么做并不会排除所有危险。

我们中午就抵达了。我抬起头，看见圆锥上方的开口，框住一块圆周缩得出奇得小，但是几乎呈正圆形的天空。撑天而立的斯卡塔里斯峰就在上面的某块地方突显出来。火山口底洞开着三条火山管。斯奈佛斯喷发的时候，炉心就是透过这些火山管将熔岩和蒸汽驱赶出去。每一条火山管的直径大约三十米，在我们的脚下张着大口。我没有勇气往下瞧。教授他呢，快速勘查这些火山管的构造。汉斯和他的同伴坐在几块熔岩上，看着教授气喘如牛，从这一头跑到那一端，指手画脚，胡言怪语。他们显然把他当成神经病。

忽然间，叔叔大喊一声，我还以为他失足掉进其中一个大坑里，结果不是。我看见他张开双臂，叉开双腿，站在火山口中央的一块花岗岩之前，那花岗岩就像是为冥王普路托的雕像打造的巨大底座。他就摆着这么一副愕愕的姿势，但是他的惊愕很快就被狂喜取代。

"艾克赛！艾克赛！"他大叫，"过来！过来！"

我跑了过去。无论是汉斯还是那些冰岛人都寸步不移。

"你看。"教授对我说。

我跟他一样惊愕，但没有他的喜悦，我在石块的西面上读出这些因为年深日久而磨蚀不清的北欧古文字，这个被我诅咒了上千遍的名字。

ᚢᛒᛆᚴ ᛋᛁᚱᛈᚾᛞᛋᛋᚳᛏ

"亚恩·萨克努森！"叔叔喊，"你还怀疑吗？"

我没有搭腔，颓丧地回到我的熔岩长椅上。铁铮铮的事实沉沉压在我身上。

我这样子沉思凝想了多久？我不知道。我只知道等我抬起头时，只看见叔叔和汉斯在火山口底。那些冰岛人都被支使走了，这会儿爬下斯奈佛斯外侧的山坡，要返回斯特皮。

汉斯在熔岩层里临时搭了一张床，正安详地睡在一块岩石脚边。叔叔像一只落入陷阱的野兽，在火山口底部兜来转去。我既不愿也没有勇气起来，就跟着向导有样学样，也任由自己在酸麻余痛中，昏昏欲睡，隐似听见细响或是感觉到山侧里簌簌抖动。

在火山口底的第一夜就这样度过了。

次晨，灰暗多云的滞闷天空低低地压在圆锥山顶上。我并不是从幽暗的深渊意识到这件事，而是从叔叔的怒火。

我知道原因为何，心里又燃起了一丝残存的希望。原来是这样的：我们的脚下开着三条路，萨克努森只走过一条。根据这位冰岛学者所言，我们可以借由密文中指示的特殊条件认出它来，亦即斯卡塔里斯的阴影会在6月的最后几天掠过该通道的边缘。

的确，我们可以把斯卡塔里斯的尖峰视为巨大的日晷，它的阴影会在某个特定日子标示出通往地心的那条路。

不过若是太阳凑巧不露面，就不会有影子，自然也不会有指示了。今天是6月25日。要是天空连阴六天，我们的探勘就得推延一年了。

我放弃描绘李登布洛克教授无能为力的愤懑。白天过去了，没有阴影落在火山口底。汉斯没有离开他的座位过，如果他会纳闷的话，他应该在纳闷我们究竟在等什么。叔叔一次都不曾跟我搭话。他的目光总是转向天空，望着它雾茫茫的灰色调出神。

26日，仍是一无斩获。挟雪的雨下了一整天。汉斯用熔岩块搭盖一座小屋。我的目光紧盯着圆锥侧边上临时汇集而成的数千道水瀑，竟然看出趣味来。水砸在石头上，淅淅沥沥得加倍响亮。

叔叔再也按捺不住了。哪怕是最有耐性的人，都能被这个情况惹恼，因为这样的话我们会功亏一篑的。

但是老天爷不断交织着大悲大喜。李登布洛克教授现在多么绝望烦愁，之后就会多么心满意足。

次日的天空依旧阴霾不开，但到了6月28日星期天，本月的倒数第三天，月球的变化带来天气的改变。太阳将日光一股脑儿地倒进火山口。每一座石堆，每一块岩石、石头，每一寸凹凸之处，都得以均沾膏润，并立刻在地面上投下阴影。其中，斯卡塔里斯的阴影像个尖锐的山脊成形，开始难以察觉地转向那光芒四射的天体。

叔叔跟着它转。

在影子最短的中午时段，影子轻轻舔舐中央火山管的边缘。

"在那里！"教授欢呼，"在那里！我们去地心！"他补上一句丹麦语。

我看着汉斯。

"佛罗特[1]！"我们的向导冷静地说。

"向前走！"叔叔说道。

现在是下午一点十三分。

---

1 forut，意指"前进"。

在影子最短的中午时段，影子轻轻舔舐中央火山管的边缘。

"在那里！"教授欢呼，"在那里！我们去地心！"他补上一句丹麦语。

第十七章

　　真正的旅程开始了。截至目前，身心的劳苦远多于环境的艰险，但是真正困难的部分才正要诞生在我们的脚下。

　　我还没敢往我即将堕入的深不可测的井里瞧上一眼呢。时候到了。我还能决定是要硬着头皮参与，或是拒绝犯难。但是我觉得在猎人面前却步很可耻。汉斯如此心平气和地接受冒险，如此满不在乎，赴险如夷，一想到比不上他的勇敢我就脸红。如果只有我和叔叔两人，我早就搬出一连串大道理，但是当着向导的面，我一声不吭。一部分思绪飞向我的维尔兰佳人，向着中央火山管走过去。

　　我说过它的直径大概有三十米，或者圆周有一百米。我在一块凸出的岩石上方探出身子。我往下一望，顿时毛发倒竖，整个人好像腾空起来。我感觉重心在我体内移位，晕眩感开始像醉意一样，往我的头漫升上来。最醉人的感觉莫过于深渊的吸引力，我就要掉下去了。我感到一只手抓住我。是汉斯。我在哥本哈根救主堂的鸟瞰修业果然还不到家。

　　虽然我让目光在这井里冒险游走的时间很短，我还是搞清楚了它的构造。管壁虽然几呈笔直，凹凸不平之处却数也数不清，应该方便我们攀缘而下，可是就算有了阶梯，还是缺了扶手。一条绑在管口的绳索确实足以支撑我们，可是等我们抵达火山管底部后，要怎么解开它？

叔叔用了一个简单至极的办法解决了这个难题。他展开一捆近三厘米粗、约一百三十米长的绳索，他先逐渐放出一半的绳子，把它绕在一大块突出的熔岩上，再把另一半丢进火山管。我们每人把这两半无法自行松开的绳索结合在手里，缒绳而下。等到降至六十五米时，我们只要轻轻松松放掉一边绳索，然后收回另外一边就行了。之后再继续如法炮制这个步骤。

"现在，"叔叔在完成准备工作之后说，"我们来整理行李吧。把东西分成三个包裹，我们每个人各绑一个在身上。我指的是那些易碎物品。"

教授那么勇敢的一个人，自然不会把我们算在易碎品里。

"汉斯，"他继续说，"背工具和一部分的粮食；艾克赛，你负责另外那三分之一的粮食还有武器；我拿剩下的粮食和科学仪器。"

"可是，"我说，"衣服还有这一大捆绳索和绳梯，谁来运下去？"

"它们会自己下去。"

"怎么会？"我问。

"你看着吧。"

叔叔做事干脆，毫不犹豫。汉斯依言把这些不怕摔的物品集合成一个包袱，牢牢地绑在绳索上，然后往深渊底随意一扔。

我听见响亮的破空声。叔叔探出身子，很满意地盯着行李下坠，一直到看不见它们了以后才直起腰。

"好，"他说，"现在轮到我们了。"

我想问问真诚的各位，有没有可能听见这句话还不晓得要发抖的！

教授把装科学仪器的包裹绑在背上，汉斯拿了装工具的包袱，我则负责武器。我们顺次而下：汉斯、叔叔和我。我们一路下来都默默无语，只有急遽坠落深渊的碎石偶尔扰动这片死寂。

我几乎是顺绳滑下去，一只手死命抓住两边绳索，另一只手用包铁棍子用力撑住自己。我的脑子里只有一个念头：我怕没有着力点。我觉得这根绳索要支撑三个人的体重好像太脆弱了一点，所以我尽可能不去依赖它，我的脚企图像手一样抓住凸出的熔岩，努力稳住自己。

汉斯脚下其中一块滑溜溜的石阶刚刚松动，我们听见他镇定的嗓音说："基法克特[1]！"

"小心！"叔叔复述。

半小时过去，我们来到一块紧紧嵌入火山管壁的岩石表面上。

汉斯拉了拉绳索的其中一端，另一端飞升腾空，经过上方的岩石后坠落，沿途刮下石块和熔岩块，活像下了一阵雨，严格说不是雨，是砸中非死即伤的石雹。

我从这个狭窄的平台上探出身子，发现仍不见洞底。

我们故技重施，半小时过后，我们又深入了六十五米。

我不知道那位最疯狂的地质学家是否在缒绳而下的途中，试图研究他周遭的地质形态。但就拿我来说吧，我压根儿顾不了

---

1 gifakt，意指"小心"。

那么多，管他是上新世、中新世、始新世、白垩纪、侏罗纪、三叠纪、二叠纪、石炭纪、泥盆纪、志留纪还是原始期，我都不在意。可是教授他铁定在观察或是做记录，因为他在其中一次暂停时告诉我："我越走越有信心，这个火山地层的排列绝对证明达维的理论是对的。我们正踩在原始地层上，这里发生过金属接触空气和水便燃烧的化学作用。我不相信地热说，更何况，我们很快就知道了。"

千篇一律的结论又来了。大家都知道我没那个心情陪他打舌战。我的沉默不语被当成了默认，我们又继续下降。

三小时以后，火山管依然深不见底。我抬起头，看见火山口明显缩窄了。管壁因为轻微倾斜的关系，逐渐靠拢，我们的四周慢慢黑了下来。

我们仍旧继续缒绳而下。我觉得从岩壁脱落的石头被吞没的回音比较浑浊，应该是迅速触底了。

由于我想到要记下绳索操作的确切次数，我可以精准算出我们下探的深度和花费的时间。

我们已经重复这个耗费半小时的动作十四次，等于七小时，再加上十四次十五分钟的休息（或三小时半），总共十小时三十分钟。我们一点钟出发，现在应该十一点了。

至于我们下探多少深度？我们每六十五米进行一次绳索操作，共操作了十四次，相乘结果是九百一十米。

这时汉斯的声音传来，"黑特[1]！"他说。

我马上停下来，脚差一点就踩上叔叔的头。

---

1 halt，意为"停止"。

"我们到了。"叔叔说。

"哪里？"我直直滑落到他身边。

"火山管底。"

"所以没有其他出路了吗？"

"有，我隐隐看见一条斜往右边的走道。我们明天再来看，现在先吃晚餐，然后睡个觉。"

天还没有全暗下来。我们打开食物的袋子，吃完后尽可能在石块和熔岩碎石的卧榻上睡个好觉。

我仰躺在地，睁着眼睛，注意到这条长达九百多米的管子形同一具硕大的望远镜，尽头有一颗亮点。

那是一颗毫不闪烁的星星，据我推算，应该是小熊星座的北极二 β。

接下来，我酣然沉睡。

第十八章

　　早上八点，一道日光射过来唤醒我们。熔岩壁上成千的剖面在日光流经时接了下来，然后让日光洒落有如星光雨。

　　光线强烈到周遭事物都能看得分明。

　　"艾克赛，你觉得呢？"叔叔高喊，一边搓着手。"你在我们国王街上的家，可曾度过比这更平静的一夜？没有车马喧嚣，没有商贩叫卖，也没有船夫怒吼！"

　　"的确，这井底的确非常安静，但是也静得吓人。"

　　"好啦，"叔叔喊道，"如果这样就怕了，之后怎么办？我们连地心的皮毛都还没到呢！"

　　"您说什么？"

　　"我说我们只不过到达岛的地面而已！这条通往斯奈佛斯火山口的垂直火山管差不多和海平面等高。"

　　"您确定吗？"

　　"非常确定。看看气压计。"

　　的确，气压计里的水银随着我们往下走慢慢上升，现在停在

785毫米[1]的位置。

"你看见了吧，"教授继续说，"我们现在大概还是一个大气压，但我很希望很快能用压力计来取代气压计。"

的确，等空气的重力超越海平面的气压，气压计就再也派不上用场了。

"可是，"我说，"压力一直增加下去，不用担心会很难受吗？"

"不用。我们慢慢下去，让我们的肺习惯吸入比较压缩的空气。那些飞行员升到高空的时候，最后都会缺氧，我们的话，可能是空气过剩了吧。不过我比较喜欢这样。别浪费时间了。比我们先到的包袱在哪里？"

我记起我们前一晚怎么找都找不到。叔叔问汉斯，后者用那双猎人的眼睛专注地看了一遍以后，答道："德胡佩[2]！"

"上面！"

没错，包袱在我们头顶上三十多米高之处，就挂在一块凸出的岩石上。身手矫捷的冰岛人随即猫也似的爬上去，几分钟后，包袱就回到我们身边了。

"现在来吃点东西吧，"叔叔说，"不过要吃多一点，似乎有一大段路要赶。"

几口掺有杜松子酒的水把干粮和肉干都灌下去。

餐毕，叔叔从口袋里抽出一本专门记录观察结果的簿子，他接连拿起不同的科学仪器，记下以下资料：

---

1 在水银气压计下，一个大气压（海平面的大气压力）时水银上升高度约等于760毫米。
2 der huppe，指上面。

最后一项观察结果来自罗盘，指示出黑暗通道的方位。

"现在，艾克赛，"教授的声音听起来很热烈，"我们就要真正深入地心了。我们旅程就从此刻开始。"

叔叔说完，一只手拿起挂在脖子上的伦可夫照明仪器，另一只手接通电流和灯笼里的蛇形管，一道强光瞬间驱散了廊道里的黑暗。

汉斯背起第二个伦可夫照明仪器，也接通了电。这个巧妙的电器发出来的人造日光，让我们得以继续前进，就算身边包围着最易燃的气体也无须担心。

"上路了！"叔叔说。

每个人重新背起自己的包袱。汉斯带头，负责推缆绳和衣服的包裹，我排第三，陆续进入通道。

在这条幽暗的通道即将吞没我时，我仰起头，最后一次透过这根宽广的管子，看见这片"我也许再也见不到的"冰岛天空。

1229年最后一次喷发时的熔岩辟出这条通道，在里头厚厚铺上闪闪发亮的一层，灯光一照又明亮百倍。

走这条路的难处就在于别让自己在一条倾斜大约45度的陡坡上滑得太快，幸好凹凸不平的地面可以代替阶梯，我们只要一边往下走，同时让长绳子绑住的行李一路滑下去。

我们脚下这些台阶到了其他岩壁上就成了钟乳石，而某些地方的熔岩是有细孔的，呈现一些小小的圆泡。不透明的石英结晶缀有清澈的玻璃质水滴，宛如吊在拱顶上的水晶吊灯，似乎照亮了我们的前路。仿佛地底里的精灵点亮他们的皇宫，迎接地上来的贵客。

"太美了！"我情不自禁喊了出来，"怎么会有这么漂亮的景观啊，叔叔！您还喜欢熔岩从红棕色渐次转为亮黄色的渐层色调吗？这些看起来像发亮圆球的水晶呢！"

"啊！你开窍了，艾克赛！"叔叔答道，"哈！你觉得这景观壮丽，孩子！你还会再看到更多美景的，我希望！快走吧，走啊！"

他应该说"快滑吧"，因为我们毫不费力地在斜坡上滑动。弗吉尔说得好，"通往地狱之路十分好走[1]"。我频频查看罗盘，指针坚定不移地指着东南方，毫厘不失。这条熔岩通道丝毫不偏斜，犹如一条直线。

然而气温并未明显升高，这表示达维的理论是对的，我再一次惊异地查看温度计。出发至今两小时了，温度计仍旧标示着十摄氏度，也就是说增加了四摄氏度。我因此认为我们较常水平发展而非垂直移动。至于要知道我们究竟走了多深，十分容易。教授很准确地测量过这条路的偏角和倾角，只是他把观察结果留给

---

1 原文为facilis descensus Averni，阿韦尔诺湖（Lake Avernus）位于意大利南部的坎佩尼亚（Campania），是火山口湖，传说那里是冥间的入口。

了自己。

　　接近晚上八点，他发出停步的信号。汉斯立刻把灯挂在一块凸出的熔岩上，一屁股坐了下来。我们来到一处类似洞穴的所在，里头一点都不缺空气。反之，还有一些气流频频吹到我们身边来。它们的成因是什么呢？源于什么样的大气流动呢？目前我不打算解决这个问题，劳苦饥饿让我无法思考。一连步行七个小时不可能没有大量的体力消耗。我已形疲神困，所以乐得听见"停"这个字。汉斯在一块熔岩上摊开食物，每个人都吃得津津有味。然而，我担心一件事情：我们的储水已经喝掉一半了。叔叔打算靠地底泉水装满水壶，但是直到现在，根本没有水的踪影。我无法不去吸引他对这个问题的注意。

　　"这里没有水，你觉得奇怪吗？"他说。

　　"那当然，我甚至开始担心了。我们只剩下五天的水了！"

　　"冷静一点，艾克赛，我告诉你我们会找到水的，而且比我们想要的还多。"

　　"什么时候？"

　　"等我们离开这个裹着熔岩的地方，不然泉水怎么从这些岩壁里冒出来？"

　　"可是也许这条熔岩隧道很深呢？我觉得我们好像还没有走很多垂直的路？"

　　"谁让你这么想的？"

　　"如果我们已经深入地壳内部的话，应该会比较热。"

　　"这是根据你的理论，"叔叔答道，"温度计怎么说的？"

　　"差不多十五摄氏度，也就是说从我们出发到现在只升高了九摄氏度。"

"所以你的结论呢？"

"根据精确的观察报告，地球内部的气温约每三十米升高一摄氏度，但是这会因地而异。比如在西伯利亚的雅库茨克[1]，我们观察到每十二米就会升高一摄氏度。这个差异显然取决于岩石的传导性。我再补充一点，在邻近死火山的地方，透过片麻岩，气温要一直到四十米才升高一摄氏度。所以我们拿后面这个比较符合我们状况的例子来算一下。"

"你算吧，孩子。"

"那还不简单？"我在我的本子上写下几个数字。"九乘以四十米等于三百六十米深。"

"算得没错。"

"所以？"

"你算得没错，但根据我的观察测量，我们其实已经到海平面三千米以下了。"

"怎么可能？"

"是的，在这里数字已经没有什么意义了！"

教授的计算是正确的。蒂罗尔[2]的基茨巴尔矿区和波西米亚的符腾堡矿区是人类目前到地表以下最深的地方，而我们还足足比其多往下了两千米。

此地的温度理应是八十一摄氏度，但实际却不到十五摄氏度。这一点格外值得思考。

---

1 雅库茨克（Yakutsk）是俄罗斯萨哈共和国（Sakha）的首都。
2 蒂罗尔（Tyrol）是欧洲中部的地区，分属意大利与奥地利所有。

第十九章

第二天清晨，6月30日星期二，早上六点，我们又开始往下走。

我们依然沿着熔岩通道这天然斜坡走，坡度就跟那些还能在老屋子里见到，用来取代楼梯的倾斜平面一样缓。就这样走到了十二点十七分，这是我们赶上刚刚止步的汉斯的确切时刻。

"啊！"叔叔喊道，"我们来到火山管的尽头了！"

我环顾四周。我们站在一个十字路口中央，两条又暗又窄的地道通到这个路口来。该走哪一条路才对？这是个难题。

叔叔不想在我或是向导面前显得犹豫不决，手指东边那条地道，不多时，我们三人便深入这条地道中。

何况面对着两条路，犹豫下去只会没完没了，因为根本没有线索可以确定该选哪一条，只得凭空瞎猜。

这条地道的坡度不太感觉得出来，每段路的变化很大。有时我们的前方是衔尾相连的拱顶，仿佛我们正行经一座哥德式教堂的侧殿。这里可以找到这种以尖形拱肋做支撑骨架的宗教建筑的任何形式，中世纪的艺匠真应该来这里观摩观摩。再往前走两公里，我们在罗马风格较扁平的半圆拱顶下低着头，嵌入岩体的粗

我们依然沿着熔岩通道这天然斜坡走，坡度就跟那些还能在老屋子里见到，用来取代楼梯的倾斜平面一样缓。就这样走到了十二点十七分，这是我们赶上刚刚止步的汉斯的确切时刻。

巨石柱在拱心石下屈折。到了某处，这种布局让位给有如河狸杰作的低矮地基，这时我们只得边爬边滑，穿越狭长的坑道。

通道里的热度还维持在承受得了的气温上。我不自觉地想着，当斯奈佛斯吐出来的熔岩从这条今天如此安静的通道疾奔出去的时候，气温该有多高。我想象源源不绝的火焰撞上通道的各个角落，迸裂成细碎的火星，还有过热的蒸汽积聚在这个方寸之地里！

"我只求这座老火山别开我们的玩笑，在沉睡了这么多年之后醒过来！"我心想。

我没有把这些念头传达给叔叔知道，他不会懂的。他全心全意只想往前走。他一步一滑，甚至连翻带滚，我不得不说其志可嘉。

晚上六点，走了一段不怎么累人的路之后，我们又往南迈进了八公里，但是深度却勉强只有半公里。

叔叔发出休息的信号。我们饭间交谈不多，之后也未多加思索，倒地便睡。

我们过夜的安排非常简单：旅行睡袋就是我们的床铺。我们既不必怕冷，也不用害怕不速之客。深入非洲沙漠跟新世界丛林里的旅人都被迫轮流守夜，但是我们在这里停留安全无虞。用不着畏惧野人或是猛兽前来加害。

我们在次晨醒来，神清气爽，精神饱满。重新上路了。我们跟前一天一样循着熔岩路走，不可能辨认这条通道所穿越的地质形态。地道并非深入地球内部，而是渐趋水平，我想我甚至还注意到它往上升。接近早上十点的时候，上坡地势变得如此明显，我不得不放慢我的步伐。

"怎么样，艾克赛？"教授不耐烦地说。

“我撑不下去了。”我答道。

“什么？我们才走三个小时，而且路那么好走！”

“路是不难走，只是走起来很累。”

“怎么会？我们只要往下走就好了！”

“恕我直言，是往上走。”

“往上？”叔叔耸了耸肩。

“没错。半小时以来坡度就变了，再继续这样子走下去，我们准会回到冰岛陆地上。”

教授像个不愿被说服的人那样摇摇头。我还想继续说，他却不理不睬，示意出发。我很清楚他沉默不语只是为了压抑坏心情而已。

然而我勇敢地背起我的负荷，急忙跟上汉斯，叔叔都已经赶到他前面去了。我执意不要落后太多，我现下最担心的事，就是失去同伴的踪影。一想到在这错综复杂的地底下迷路，我就格格打战。

再说，路纵然渐走渐高，愈来愈难行，但是我安慰自己，这样走下去，我就离地表愈来愈近了。每走一步，我的希望就更增加一分，想到和我的歌洛白相逢我就心情愉快。

中午，通道岩壁的外观变了。我发觉灯光照在厚壁上的反光变暗了，原本壁上覆盖着熔岩，这会儿换上光溜溜的裸岩。这些岩石有倾斜且经常呈垂直状的层理。我们正在过渡期，到了志留纪[1]！

“这些片岩、石灰岩和砂岩，”我喊道，“很显然是水的沉积物在地球的第二纪形成的！我们现在背对着花岗岩岩体！我们

---

1 原书注：因为志留纪的地形广布英国某些克尔特的志留族（Silures）昔日居住过的地区。

就像取道汉诺威去吕贝克的汉堡人[1]。"

我应该把我的观察结果留给自己就好，但是我的地质学家本性胜过谨言慎行，所以叔叔听见我在大呼小叫。

"你又怎么了？"他问。

"看哪！"我把相继出现的砂岩、石灰岩还有刚出现迹象的板岩地层指给他看。

"所以呢？"

"我们来到出现第一批动植物的时期了！"

"啊！你这样想？"

"不信您自己看嘛！去检查、观察啊！"

我强迫教授沿着岩壁移动他的灯。我等着听他惊叫，谁知道他根本半声不吭，继续走他的路。

他有没有听懂我说的话？难道他顾及身为叔父以及学者的自尊心，不想承认他错选了东边这条通道？还是他一心要把这条通道勘查到底？我们摆明已经离开熔岩路，现在走的这条根本无法带我们到斯奈佛斯的炉心去。

然而，我自问我是否过度看重地质形态的改变。我会不会搞错了？我们真的在穿越和花岗岩岩体重叠的地层吗？

"如果我是对的，"我暗忖，"我得找几个原始植物的化石残骸当作证据。快点找一找。"

我还走不到一百步，眼前就出现一些确凿的证据。这应该就是了，因为志留纪的海洋藏有超过一千五百种的动植物。我习惯坚硬的熔岩地面的双腿，冷不防踩在植物和贝壳的化石残骸的尘

---

1 吕贝克位于汉堡东北方，汉诺威则位于汉堡南方。

埃上，而墨角藻和石松的印记在岩壁上分明可见。教授不可能搞错，但是我想他闭着眼睛，继续踏着坚定不移的步伐赶他的路。

简直是茅坑里的石头！我忍无可忍，捡起一个保存完善的贝壳，它曾经属于大约类似今日的潮虫的动物所有，我跟上叔叔，对他说："您看！"

"这个，"他平静地回答，"是甲壳亚门动物的贝壳，属于三叶虫一种已经灭绝的目，如此而已。"

"难道您不因此推断出……"

"你已经得出的结论吗？有。我清楚得很。我们离开花岗岩层和熔岩路了。我有可能搞错，但是我只有在抵达这条通道的尽头，才能确定我的过错。"

"您这么做是对的，叔叔，如果我们不必担心一个越来越急迫的危机的话，我绝对会举双手赞同您。"

"什么危机？"

"缺水。"

"那我们就限水吧，艾克赛。"

第二十章

　　的确，我们必须节约用水。我们的储水无法持续三天以上，
这是我在晚餐时候意识到的。而且最恼人的，是要在过渡时期的
地层里找到活水，希望渺茫。

　　次日一整天，通道里的拱顶继续在我们前面延伸，没个止
境。我们一路上几乎没有开口。汉斯的沉默感染了我们。

　　路面并不上升，至少感觉不出来。有时候它甚至似乎在倾
斜。但是这个趋势不太明显，应该无法让教授安心，因为地质形
态与之前无二，过渡期的特色益发历历可辨。

　　灯光映得岩壁上的片岩、石灰岩和古老的红色砂岩流光艳
艳，我们还以为身在德文郡的露天地堑里呢，这个地质时期的名
称恰巧就是取自此郡的名字[1]。各种瑰丽的大理石覆盖着厚壁，有
一些呈玛瑙灰色，夹杂着显眼的不规则白色纹理，其他则是草莓
色，或是掺有红斑的黄色。更远之处还有深色的红纹大理石，混
杂其中的石灰岩色调鲜艳，醒目极了。

1　泥盆纪（Devonian period）的名称源自德文郡（Devonshire）。

大部分的大理石上面都有原始动物的印记，但是自从前一天起，出现了显著的进化。我看见的不再是原生的三叶虫，而是更加完美的动物残骸，当中有硬鳞鱼和蜥鳍目爬虫，古生物学家一眼就能从这些动物身上看出爬虫类最初的形体。泥盆纪的海洋里住着为数众多的这些物种，海洋把成千上万的这些物种沉积在这些新形成的岩石上。

很显然我们正在上溯生命进化这把梯子，而人类就占据梯子的顶端。但是李登布洛克教授看似没有留心。

他等着两件事：要不我们的脚下突然开了一口井出来，让他能重新往下走，要不就是出现一道障碍挡住他的去路。但是都晚上了，他的期待仍是没有实现。

星期五，经过开始感觉焦渴难熬的一夜，我们这一小群人再度深入曲折迂回的通道。

经过十小时步行之后，我注意到电灯照在岩壁上的反光大幅减弱。一层灰黯无光的表面取代了大理石、片岩、石灰岩、砂岩。地道有一刻缩得非常狭窄，我靠在岩壁上。

我抽走手的时候，发现它黑溜溜的。我再凑近一点看。我们正在煤矿当中。

"煤矿！"我喊道。

"但是没有矿工。"叔叔回答。

"咦，谁知道呢？"

"我知道，"教授答得很肯定，"我还很确定这条从煤矿地层中凿造出来的通道，不是出自人类之手。但我不在乎这是不是大自然的杰作，晚餐的时间到了，先吃吧。"

汉斯准备了一些食物。我几乎没吃，我喝了几滴配给的水。向导那儿的水还剩下半壶，这就是仅剩给三个大男人止渴的水量。

我那两个同伴用过餐后，躺在睡袋里，在睡眠里找到消除疲劳的解药。我则睡不着，数着时间直到天明。

星期六早上六点，我们重新上路。二十分钟后，我们来到一座宽阔的洞窟，我承认人类的手是掘不出这个煤矿来的，否则拱顶会有支柱支撑，但此处的拱顶确是单靠奇迹也似的平衡力维持着。

这个洞窟般的所在宽约三十米，高约五十米。地震曾经剧烈地分开这里的地层。岩体因为某次强大的推挤而让步解体，留下这个大缺口，这是首度有地上的居民进入这个缺口。

煤矿时期的整段历史都写在这些深色的岩壁上，地质学家能轻易追踪各个不同的阶段。煤层上有沉积的砂岩或黏土层理，看起来就好像被上面的岩层压扁似的。

在第二纪之前的这个时期，因为酷热高温和经年不退的湿气的双重效应，广大无边的植物覆盖着地表。大气从四面八方笼罩地球，偷走它的太阳光。

由此可知，地球的高温并不源自太阳。太阳甚至很可能还没准备好要扮演它发光的角色。当时"气候"还不存在，一股炎酷的热气蔓延到地球的整个地表，也包括了赤道和两极。那么这热气是哪里来的呢？当然是地心。

无论李登布洛克教授的理论怎么说，一股焦金流石的热能潜伏在地球内部，就连地壳的最后一层都能感觉到它在活动。植物被剥夺了有益的阳光，既开不出花也散发不了香气，但是它们的根在原始期的滚烫大地里汲取到强大的生命力。

树很少，只有草本植物，广大的草皮、蕨类、石松、封印木、芦木，这些今日罕见的科在当时满坑满谷。

而这个煤矿正是植物繁茂时期的产物。地球有弹性的地壳随着它所覆盖的大片岩浆流动，因此形成了无数的裂缝和沉陷。被拖进水里的植物逐渐形成许多庞大的巨堆。

这时发生了自然化学作用，在海底的大批植物首先变成泥炭，接着，受惠于气体以及加热分解的影响，完全变成矿物。这广大的煤层就是这样形成的，然而若是工业化社会的人留意到它的话，不必三百年就会被滥用殆尽。

在我细细打量堆积在这部分岩体的丰富煤矿时，脑子里转着这些念头。这些煤一定永远也不会被发现的。要开采这么偏远的矿坑，牺牲太大了。更何况，煤矿几乎广布在地表上的众多地区，开采这个煤矿还有什么意思呢？我看着未受破坏的煤层，当世界末日的钟声响起，它将依然万古如恒。

我们继续走着，同伴中只有我忘记这条路有多长，在种种设想中失了神。气温明显维持不变，和之前走在熔岩和片岩之间时一样，只是有一股浓烈的甲烷气味呛得我鼻子难受。我立刻认出地道里有大量这种矿工称为沼气的危险气体，它造成的气爆经常酿成巨灾大祸。

幸好我们是依靠伦可夫的神妙仪器来照明的。万一我们不幸手持火把前来勘测这条地道，就会引发严重的气爆，把旅人轰个血肉横飞，这趟旅程也就结束了。

这场煤矿中的郊游持续到晚上。叔叔几乎不去压抑他对这条水平路有多么不耐烦。我们前方二十步的深处总是一片黑乎，阻挠我们估计通道的长度，就在我开始相信它是没有尽头的时候，突然间，在六点钟的时候，我们意外迎上一堵墙。上、下、左、右都无路可循。我们来到死胡同的尽头了。

"啊！幸好！"叔叔高声说道，"我至少知道自己在坚持什么了。我们不在萨克努森的路上，现在只好往回走了。先休息一晚，用不了三天，我们就会回到交叉口了。"

　　"对，"我说，"如果我们还有力气的话！"

　　"为什么没有？"

　　"因为，明天就会滴水不剩了。"

　　"那勇气也一丝不剩了吗？"教授用严厉的眼神看着我说。

　　我噤口不语。

第二十一章

我们翌日一大清早就出发。必须抢时间。我们离交叉口还有三天的路要赶。

我就不强调我们回程受到的苦难了。叔叔因为觉得自己并非无所不能，一路上气呼呼的；汉斯平心静气，听天由命；我呢，我承认，满肚子怪怨，意懒心灰。我就是没办法处于困境还能甘之如饴。

正如我所预料，水在走完第一天时就喝光了。我们的饮料只剩下杜松子酒，但是这个恶毒的酒精燃烧我的喉咙，我甚至受不了看见它。我觉得闷热，周身疲软无力。我又差一点倒地不起，动弹不得。于是我们暂停一会儿，叔叔或汉斯尽可能帮我打气，但是我看得出来，叔叔自己也在辛苦忍耐疲劳和干渴的煎熬了。

终于，我们在7月8日星期二，一路跪爬回到两条通道的交叉口。我们已经半死不活了。我像一块石头，躺在熔岩地面上。那时是早上十点。

汉斯和叔叔背靠在岩壁上，试图咬几块干粮。我肿胀的双唇间逸出悠长的呻吟，陷入昏昏欲睡的状态中。

过了一段时间，叔叔靠过来，把我扶进他的怀里。

"可怜的孩子！"他轻声说道，声音里充满了怜惜。

平时凶恶惯了的教授罕见地流露温情，让我深受感动。他任我握住他颤抖的手，望着我。他的眼睛湿润。

我惊讶地看着他拿起背在身侧的水壶，把水壶凑近我的双唇。

"喝吧。"他说。

我有没有听错？叔叔疯了不成？我愣眼巴睁地看着他，不想弄明白。

"喝啊。"他又说。

他举起水壶，一股脑儿把水往我的唇间倒。

噢！真是说不出的舒畅！一口水濡湿了我着火的嘴巴，就这么一口而已，但是足以将溜走的生命再次召回我体内。

我谢过叔叔，双手紧握他的手。

"是的，"他说，"一口水！最后一口！你听到了吗？这是最后一口！我把它宝贵地留在壶底。二十次、一百次，我不得不抵抗想喝掉它的迫切欲望！不过我没喝，艾克赛，我是为你保留的。"

"叔叔！"我轻唤道，豆大的泪珠湿润我的双眼。

"是的，亲爱的孩子，我知道你来到交叉口后就会不支倒下，我保留最后几滴水就是为了要帮助你恢复体力。"

"谢谢！谢谢！"我喊道。

我的干渴只解除了一星半点，我却找回了一点力气。直到刚才都还紧缩着的喉咙肌肉放了松，发炎的双唇也舒缓许多，我总算能说话了。

"来吧，"我说，"我们现在只能下一个决定。既然没水，我们只好回头了。"

我说话的时候，叔叔都不肯看我。他低着头，避开我的眼睛。

"我们必须回去才行，"我大喊，"走斯奈佛斯那条路。愿上帝赐我们力量，让我们爬回火山口顶！"

"回去？"叔叔响应我，其实更像自言自语。

"对，回去，而且连一分钟都不能浪费。"

此时出现好一阵子的静默。

"所以，艾克赛，"教授说话的语调很奇怪，"这几滴水没有把勇气和力量还给你吗？"

"勇气？"

"我看你就跟之前一样泄气，还在讲丧气话！"

我眼前这个人是何方神圣？他那颗无畏的脑袋里又在打什么主意？

"什么？您不回去吗？"

"在我们胜利在望的当头放弃？绝不！"

"那么就得等死吗？"

"不，艾克赛，不！你走吧！我不要你死！让汉斯陪你一起，留下我吧！"

"您要我抛下您？"

"我叫你别管我！我已经开始这趟旅行，就要贯彻始终，不然我不会回头。你走吧，艾克赛，走啊！"

叔叔的口气激昂了起来。他有一刻放柔了的声音又变得强硬威迫。他要以那致他死命的精力，继续无谓的抵抗！我不忍心把他一个人丢在地底下，可是另一方面，自卫的本能又催我一走了之。

我们的向导以一贯的漠然旁观这一幕，不过他明白他的两名同伴间发生了什么事。我们的举动足以显示我们各执己见，企图说动对方听从，但是汉斯似乎不太在意他的生死也被牵涉在内，如果有人发出启程的信号，他已准备好要出发，他的主子若有半点意思，那他也准备好要留下。

这一刻我多么希望能让他明白啊！我说的话，我的呻吟，我的口气，应该能打动这冷面冷心的人啊！那些汉斯似乎没有预测到的危险，我都会让他明白，让他看清事实。我们两个合力也许可以说服顽固的教授。如有必要，我们会强迫他回到斯奈佛斯的高峰去！

我走近汉斯，把手放在他的手上。他没有移动。我指火山口的路给他看，他依旧不动如山。我喘吁吁的模样说明了我吃足苦头，可是冰岛人轻轻摇摇头，平心静气地指着叔叔，说："主人。"

"主人！"我喊道，"你疯了！不是，他不能主宰你的生命！我们得逃跑才对！还要拉着他一起！你听见我说的话了吗？你懂吗？"

我抓住汉斯的手臂，我想要强迫他站起来，双双扭在一起。叔叔出面制止了。

"冷静一下，艾克赛，"他说，"你从这位无动于衷的向导身上是得不到支持的，还是听一听我的提议吧。"

我双臂盘胸，定睛望着叔叔。

"缺水，"他说，"是实现我的计划唯一的障碍。在这条以熔岩、片岩、煤矿组成的东边通道里，我们一滴水也没有碰上。我们走西边这条很可能会幸运一点。"

我摇摇头，一副打死我也不相信的模样。

"听我把话说完，"叔叔拔高了嗓门，继续说下去，"你躺在那里一动也不动的时候，我去探查过这条地道的构造。它直接深入地心，用不着几个小时，它就会带着我们到花岗岩层，到时候我们应该会遇上丰沛的泉水。岩石的性质让我这么确定的，而且我的直觉和逻辑都支持我的信念。我的提议是这样的。哥伦布要求他的船员给他三天找到新大陆，他那些船员病的病，怕的怕，却都答应了他的要求，然后他发现新大陆了。我，就像地底世界里的哥伦布，我只要求你再给我一天的时间。要是过了这一天，我还是没找到我们缺的水的话，我向你发誓，我们就回地面上去。"

　　我虽然听得直来气，但他的这番话以及他说话时的霸气仍是打动了我。

　　"好吧！"我喊道，"就照您的意思吧，愿上帝奖赏您那过人的精力。您只剩几个钟头的时间碰您的运气了，上路吧！"

第二十二章

　　我们这回从另一条地道重新开始。汉斯依然如故，走在前头。我们还没走一百步，持灯沿着厚壁探照的教授就高声嚷道："这是原始期的地层！我们走对路了！继续走！继续走！"

　　地球在诞生初期逐步冷却的时候体积缩小，使地壳出现位移、断裂、收缩、裂开的现象。现在这条走道就是如此形成的裂缝，昔日火山喷发的时候，花岗岩正是经由这条裂缝倾泻而出。它的千回百折形成错综复杂的迷宫，穿越整个原始地层。

　　我们越往下走，组成原始期地层的一连串岩层也愈显清晰。地质学将这原始期地层视为矿物层的基础，并确认它是由三种不同的岩层组成：片岩、片麻岩、云母片岩——全都立于这块人称花岗岩的傲然基岩上。

　　从来没有矿物学家有过如此万世一时的好境遇，能亲历情境，研究大自然。探测器这种笨拙又粗暴的机器所不能带回地球表面的内部组织，我们将能亲眼研究，亲手触摸。

　　呈漂亮绿色调的片岩上，有掺杂些许白金和黄金痕迹的铜、锰矿物蜿蜒而过。我想着这些珍宝深埋于地球深处，而贪婪的人类永远也无福享用！地球诞生初期的动荡把这些宝物埋藏在如此深邃之处，无论是鹤嘴锄还是十字镐都无法将它们从自己的圹穴里挖出来。

紧随片岩而来的，是拥有水成岩结构的片麻岩，它们平行的纹层井井有条，相当惹眼。然后是呈大形薄片的云母片岩，因为白云母的闪动，格外耀眼。

伦可夫照明仪器的光线在岩块数千个小剖面折射下，光芒往四面八方纵横交错，我想象自己正在一颗中空钻石内漫游，在这颗钻石里，光线破碎成上千个耀眼夺目的光点。

接近晚上六点，这场光之宴意外地明显黯淡下来，几乎休止。岩壁开始出现结晶模样，但是颜色很深。云母与长石、石英更加紧密地混合，形成一种最坚硬的卓越岩石，支撑起地球的四种地层也未被压垮。我们被围困在宽广的花岗岩牢狱里。

到了晚上八点，依然没有水。我焦渴难耐。叔叔走在前面。他不要停下来。他放尖耳朵，想截取某个潺潺水声，但是什么都没有！

我的腿已经载不动我了，但是我不愿强迫叔叔暂停，硬是强忍了下来。那对他将是致命的一击，因为这一天快结束了，属于他的最后一天。

最后我的力气终于用尽。我惨叫一声后，颓然倒下。

"救我！我快死了！"

叔叔掉头。他双臂盘胸，望着我，然后低喃着："全都完了！"

我最后看见的画面是叔叔气狠狠地怒挥了一拳，然后我闭上双眼。

等我再度睁开眼睛的时候，看见我的两名同伴动也不动，在他们的被褥里缩作一团。他们在睡觉吗？至于我，则一刻无法安睡。我生不如死，尤其是想到我的痛苦恐怕无药可解。叔叔最后说的那句话在我耳边回荡，"全都完了！"因为我的身体状况这么虚弱，甚至休想再重回地球表面。地壳有十公里厚哪！

我觉得这一整块花岗岩的全部重量都压在我的肩膀上。我感觉自己被强压住，得使出吃奶的力气才能在花岗岩卧榻上翻身。

过了几个小时，四下一片死静，宛如置身墓园。厚壁另一头也悄静无声，毕竟厚壁中最薄的地方也有十公里那么厚。

然而，寐寐之间，我想我听见了一些异响。通道里漆黑一团。我凝神细瞧，似乎看见冰岛人手提着灯消失不见。

汉斯为什么要离开？他要抛下我们吗？叔叔还在睡。我想大叫，我的声音在干燥的双唇中找不到出口。黑暗更加深浓，天地复归于阒静。

"汉斯丢下我们了！"我叫道，"汉斯！汉斯！"

这些话，我呐喊在心底，无法传得更远。然而，经过第一时间的恐慌之后，我为自己怀疑一位直到目前为止行事光明的男人而感到羞耻。他离开不会是为了逃命。他不是沿着通道往上走，而是往下。他如果存心不良就会往上走，而不会往下了。这么一推想，我便镇定了一些，换个角度看待这件事。汉斯这个人心平气静，只有天大的理由才能让他放弃休息。所以他是去探索什么东西的啰？他在宁静的夜里，听到某个没有传进我耳里的细微声音吗？

第二十三章

整整一个小时，我发狂的脑子想象各种能让这位冷静的猎人采取行动的原因。最荒谬的理由在我脑里纠缠不清，就快把我逼疯了！

终于，一阵脚步声从深处传来。汉斯又爬上来了。摇曳不定的灯光开始在岩壁上滑动，接着灯光在走道狭窄的开口倏地大放光明。汉斯出现了。

他走近叔叔，把手搭在叔叔肩膀上，轻轻摇醒他。叔叔直起身。

"怎么了？"他问。

"曼腾[1]。"猎人答道。

看来在不生不死的刺激之下，人人都能变语言天才。丹麦语我一字不识，却能依靠直觉听懂向导说的话。

"水！有水！"我鼓掌叫好，像个疯子一样手舞足蹈。

"有水！"叔叔复述了一遍。"赫维尔[2]？"他问冰岛人。

---

1 vatten，意指"水"。
2 hvar，意指"在哪里"。

"奈代特[1]。"汉斯答道。

在哪里？下面！我全都听懂了！我抓住猎人的手，用力地捏了捏，他则是冷静地回望我。

启程的准备工作没有花很久时间，很快，我们就走下一条坡度高达百分之三十三的地道。一小时后，我们已经前进大约两公里，往下深入约六百五十米。此时，我们清楚听见花岗岩壁侧边里传出异响，一种低低的轰鸣声，像远方的闷雷。我们继续走了半小时，仍是没有碰上汉斯说的泉水，我心里又开始焦虑，但这时叔叔告诉我声音的来源。

"汉斯没有听错，"他说，"你听到的那个声音是一条激流的轰鸣声。"

"激流？"

"不错，我们周围有一条地底河流在流动。"

我们加快脚步，因为期待而亢奋。我再也感觉不到疲累，光听见这个潺潺水声我就已经觉得精神畅爽了。激流长久悬在我们的头顶上，现在在左边岩壁里轰轰奔流，蹦蹦跳跳。我的手频频抚过岩石，期待找到渗水或潮湿的痕迹，但是一无所获。

又半小时过去了。我们又走完一公里路。

显然猎人在他离开的那段时间里，最多也只找到这里。受到山民以及探水人特有的直觉引领，他透过岩石"感觉到"这条激流，但是他一定没有见到这珍贵的泉水，也没有在那里解渴过。

不多时，水声甚至愈来愈弱了，如果我们继续走，铁定会离这条激流愈来愈远。

---

1 nedat，意指"在下面"。

于是我们掉头。汉斯在一处驻足，似乎是激流最靠近的地方。

我坐在靠近厚壁的地方，水在离我两步远的地方汹涌澎湃，汩汩流动，但是我们之间隔着一道花岗岩壁。

我不去动脑筋，看看是不是有什么方法可以取得水，我第一时间就自暴自弃了。

汉斯看着我，而我想我看见他的唇间浮现一抹微笑。

他站起来，拿走灯。我跟着他。我看着他走向那道厚壁，看他把耳朵贴在干燥的石头上慢慢移动，凝神谛听。我懂了，他是在找水声听起来最响亮的那个地方。而那个地方，他在左侧岩壁、离地面1米左右的上方找到了。

我心潮澎湃，根本不敢去猜他要做什么！但是我见他抓起十字镐，刨起岩石来，我就不得不理解他的用意，为他鼓掌，拍他以示鼓励。

"得救了！"我喊道。

"对，"叔叔也兴高采烈地附和，"汉斯干得好！啊！勇敢的猎人！我们绝对想不到的！"这我相信！方法虽然很简单，我们却连想都没想过，因为最危险的事，莫过于挖掘地球的构架。要是造成坍塌，我们全都会被压死！若是激流冲破岩壁进出，会把我们卷跑的！这些危险绝对不是捕风捉影，只是当时就算害怕坍塌或水灾，我们也不会停下来，我们是这样焦渴难耐，只要能解渴，我们连海床都敢挖。

汉斯开始干活，无论叔叔还是我，都无法完成这件差事。岩石在我们操之过急的双手紧促的连击下，变成碎片迸飞。然而我们的向导不同，他冷静自持，一下一下地，逐渐磨出一道三十多厘米宽的开口。激流的声音渐喧，我已经模模糊糊感觉到有人甘霖的水溅在我的嘴唇上了。

不消多久，十字镐竟深入花岗岩壁六十多厘米了，这工作已经持续一个小时以上。我心急得扭来扭去！叔叔想上前帮忙，已经抄起他的十字镐，我拦也拦不住，这时一阵啸音倏地传来。一道水柱破壁而出，砸碎在对面岩壁上。

汉斯几乎被水的劲道撞翻，忍不住叫疼。我知道为什么，因为我的手伸进水柱时，也轮到我惨呼一声。

这泉水是滚烫的！

"这水有一百摄氏度！"我喊道。

"唉，反正会冷却嘛。"叔叔答道。

走道里顿时氤氲蒸腾，这时水形成一道小溪，就要随着地道蜿蜒而去。我们立刻喝下我们久违的第一口水。

啊！这是何等的享受啊！通体舒畅！这是什么水？来自何方呢？管他的，水就是水，而且虽然还是热的，却把快要溜逝的生气送回我们的心中。我不断地喝，甚至不去尝它的滋味。

我畅饮了一分钟之后才喊道："这水含铁！"

"有健胃功效，"叔叔响应，"而且矿物含量很高！我们这趟旅行就跟去斯帕或托普利茨[1]一样好！"

"啊！真好喝！"

"这我相信，毕竟是从地底下八公里的地方冒出来的水嘛！味道有点像墨汁，但是不难喝。这可是汉斯帮我们凿出来的泉水哦，所以我提议用他的名字替这条有益身心的溪流命名。"

"好！"我喊道。

---

1 比利时的斯帕（Spa）和位于今日捷克共和国内的托普利茨（T.plitz）都是水疗圣地。

"汉斯溪"的名称很快就被采用了。

汉斯并未面露骄色，稍事清凉后，他靠背坐在角落里，还是一贯安静。

"现在，"我说，"不能让水就这么白白流掉。"

"何必担心呢？"叔叔答道，"我想源头不会枯竭的。"

"无所谓！我们把羊皮袋和水壶装满，然后试着把洞堵起来吧。"

我的建议被遵从了。汉斯试图利用花岗岩碎片和废麻塞住岩壁上的洞口。可别小看这件事，我们的手都烧伤了，还是办不到。水压太大了，我们只是白费工夫。

"从水柱的力道看来，"我说，"这条水流的源头显然极高。"

"没什么好奇怪的，"叔叔响应道，"如果这道水柱有一万米高的话，里头就有一千个大气压。不过我想到一个主意。"

"什么主意？"

"我们何必那么大费周章去堵住这个孔呢？"

"还、还不是因为……"

我狼狈不知所对。

"等我们的水壶空了，我们能保证找得到水来装满吗？"

"不能，当然不行。"

"那就让水继续流吧！它自然而然会往下流，不只在路上可以靠它解渴，还能帮我们带路呢！"

"这真是个好主意！"我喊道，"而且有这条小溪当伙伴，我们的计划再也没有理由失败了。"

"啊！你开始进入状况了，孩子。"教授笑着说。

"我不只开始进入状况而已，我已经在状况里了。"

"等一等！我们先休息几个钟头吧。"

我真的忘记现在是晚上了。计时器告诉我时间。要不了多久，我们吃饱喝足，沉沉睡去。

第二十四章

隔日，我们已经忘记了之前的痛苦。我一开始先是惊讶于干渴全消，一时还不知道是怎么回事。而在我们脚边流动呢喃的小溪声音回答了我。

我们吃完早餐，再饮用含铁的顶级泉水。我感觉精神抖擞，决定今天要走远一些。有一个汉斯这样能干的向导，还有我这样"果决"的侄儿，为什么叔叔那样成竹在胸的人不会成功呢？我现在满脑子这种正面向上的念头，要是有人提议我再登上斯奈佛斯山顶，我铁定会愤而拒绝。

所幸只是下去的问题。

"出发吧！"我朗声说道，我豪情万丈的语调唤醒地球沉睡万年的回音。

星期四早上八点，我们重新上路。花岗岩走道盘旋曲折，有意料之外的转角，错综复杂如迷宫，但是整体而言，它的主要方向始终朝着东南方。叔叔不断仔细查看他的罗盘，了解走过的路。

通道几呈水平深入，倾斜率只有百分之二点七。小溪在我们脚下潺潺流过。在我眼里，它已经变成老相识，是带领我们穿过地底的仙子；我伸手抚摸温暖的泉水，它的歌声陪伴着我们的脚步。我心情大好，连表达方式都变得飘然欲仙。

至于叔叔，他最爱的是垂直的路，一路痛骂这条路太水平。道路无穷无尽延伸，他非但没有"沿着地球的半径往下滑"——他的用词如此，反而走在直角三角形的弦上！但是我们别无选择，而且只要我们还朝着地心前进，就算龟行牛步，也不该抱怨。

再说坡势偶尔也会下降，泉水也开始哗哗下泻，我们陪着它往更深的地方下去。

总而言之，这一天和次日，我们走了很多水平路，垂直路则相对地少。

7月10日星期五晚上，根据估计，我们应该在雷克雅未克东南方一百二十公里处，深度是十公里。

这时我们的脚下霍地开了一口深坑，样子十分恐怖。叔叔忍不住拍起手来，还去测量这条通道有多陡。

"这下子我们就能走得更深了，"他喊道，"而且凸出来的岩石跟阶梯没两样，很容易走！"

汉斯事先早已做好准备，绑好绳索，我们开始系着绳往下坠。我不敢称呼它险路，因为我已经习惯了。

这口深坑是岩体里的一条窄缝，那种我们称为"断层"的东西，很显然是地球在冷却期冷缩而造成的。如果这条窄缝昔日曾是斯奈佛斯吐出来的喷发物经过之地，我不懂这些物质怎么会没留下任何痕迹。我们几乎是盘旋而下，简直就像人为的螺旋梯。

我们每十五分钟就必须停下来做必要的休息，让膝弯恢复弹性。于是我们坐在某块凸出的岩石上，双腿悬空，一边进食一边聊天，靠溪水解渴。

不消说，来到断层里，汉斯溪变身悬泉，瘦了许多，但是要解我们的渴还是绰绰有余，而且它只要碰到缓坡，必然会恢复成细水慢流。此刻的它令我联想起我暴躁的可敬叔叔，等它到了缓坡时，就像沉着的冰岛猎人。

7月11、12日，我们循着这个断层盘旋直下，又往地壳穿入八公里，这样我们距离海平面差不多总共二十公里。但是13日接近中午时，断层往东南方向的坡势大幅趋缓，约莫呈四十五度角。

于是路变得轻松好走，却免不了单调无趣，因为压根儿不能指望沿途风景会起什么变化。

最后，15日星期三，我们到达地底下二十八公里，距斯奈佛斯大约两百公里之处。虽然我们有点累，身体状况还保持在令人安心的状态中，药箱都还没打开过。

叔叔时时掌握罗盘、计时器、压力计和温度计的指示，甚至把结果都揭示在这次旅行的科学笔记里，所以他轻易就能明白当下的位置。当他告诉我们已经水平推进两百公里时，我忍不住惊呼一声。

"怎么了？"他问。

"没事，我只是在思考。"

"思考什么，孩子？"

"如果您的计算无误，那我们不在冰岛下方了。"

"是吗？"

"要确定还不简单？"

我拿圆规在地图上做测量。

"我想得没错，"我说，"我们超过了波特兰岬。而且我们往东南方走的这两百公里，把我们带到大海中央。"

"大海中央的底下。"叔叔搓着手答道。

"这么说，"我喊道，"我们的头上不就顶着一片汪洋？"

"啧！艾克赛，这有什么好稀奇的！新堡不是有煤矿一直延伸到海里吗？"

教授可以觉得这个情况没什么大不了，但是一想到在茫茫大海下面走动，我就不免担忧。不过悬挂在我们头顶上的是冰岛的平原和群山，还是大西洋的海水都没有什么分别，总而言之，只要花岗岩构架够坚固就好了。无论如何，我很快就习惯了这样想，因为这条走道尽管时而笔直，时而曲折，无论在坡路还是转角都同样恣意妄为，但好歹总是朝着东南方，始终渐行渐深，马上就带领我们往更深远的地方推进。

四天后，7月18日星期六晚上，我们抵达一座颇为宽敞的洞窟，叔叔交给汉斯他的三银元周薪，然后决定隔天是休息日。

第二十五章

　　我在星期日醒来，不必像平常那样担心要立即动身。尽管位于地底深处，这个地方还算得上舒适。何况我们都习惯了这种穴居人的生活。我完全没想到太阳、星星、月亮、树木、房屋、城市这些尘世之人视为必需品的冗赘之物。身为化石，这些百无一用的美好之物，我们才不看在眼里。

　　这个洞窟形同宽敞的厅堂，忠心耿耿的溪水在花岗岩地面上潺潺流着。它离源头已经这么远了，水温只有环境温度，所以喝起来一点都不难。

　　在吃过早餐以后，教授打算花几个小时整理他每天做的记录。

　　"首先，"他说，"为了翔实记录我们的位置，我要做计算。我想在回程时为我们这趟旅行画一张地图，类似地球的纵断图，发表这次远征的路线。"

　　"那一定很有意思，可是叔叔，您的测量够准确吗？"

　　"够。我仔细记下角度和坡度，我很确定没有搞错。先来看看我们在哪里。去拿罗盘，看看它指示的方向。"

　　我盯着罗盘，专心地看了一下后，我回答："东南偏东。"

"好！"教授记下来，再快速地计算了几次，"我的计算结果显示，我们从起点开始共走了三百四十公里路。"

"这么说来，我们是走在大西洋底下了。"

"没错。"

"而且此刻说不定海面上风急雨骤，狂风大浪撼得船只在我们头顶上摇晃？"

"有可能。"

"鲸鱼用尾鳍拍打我们这座监狱的厚壁？"

"冷静点，艾克赛，鲸鱼是没办法动得了它的。还是言归正传吧。我们位于东南方，离斯奈佛斯山脚三百四十公里，而且根据我之前的记录，我估计我们已经深入六十四公里了。"

"六十四公里！"我惊喊。

"没错。"

"但这是科学公认的地壳厚度的极限了啊！"

"我不会说你不对。"

"根据气温递增的定律，这里的温度应该有一千五百摄氏度才对。"

"没错，我的孩子。"

"这些花岗岩全都无法维持固态，应该都熔化了。"

"你也看到事情不是这个样子，而且事实一向会推翻假设。"

"我不得不同意，但是我还是觉得惊讶。"

"温度计标示几摄氏度？"

"二十七点六摄氏度。"

"所以科学家算错了一千四百七十二点四摄氏度。所以说气

149

温会节节上升并不正确。所以达维没有搞错。所以我听他的话是对的。你还有话要说吗？"

"没有。"

说真的，我有很多话要说。我一点也不认同达维的理论，我还是坚决相信地热说，就算我毫无所感。我宁愿承认这条死火山的火山管其实是覆盖着耐高温的熔岩，温度没办法透过岩壁扩散。

但是，我已经停止寻找新论据，只是维持现状。

"叔叔，"我又开了头，"我认为您的计算都正确无误，但是请容许我提出一个严峻的后果。"

"尽管说吧，孩子。"

"我们现在冰岛纬度下的这个地方，地球的半径大约是六千三百公里吧？"

"六千三百七十八公里。"

"算成整数六千四百公里好了。我们已经走了六千四百公里中的六十四公里？"

"正如你所言。"

"为了深入这六十四公里，我们斜走了三百四十公里？"

"没错。"

"花了大约二十天？"

"正好二十天。"

"六十四公里是地球半径的百分之一。那照这样下去，我们就要花两千天或将近五年半才到得了地心！"

教授没有搭腔。

"更不用说如果三百四十公里的水平路只能换来六十四公里的垂直深度，那我们得要往东南方走三万多公里！在我们到达地心之前，就已经先从地壳圆周的某一点出来，而且还花掉很长的时间了！"

"去你的计算！"叔叔以一个发怒的动作响应道，"去你的假设！它们都是建立在哪门子玩意儿上面的？谁跟你说这条地道不会直接到达我们的目的地？而且我之前有个先例。我现在做的事情，已经有别人做过了，他都办到了，现在该我了。"

"我也希望，可是最后请允许我——"

"我允许你闭上嘴，艾克赛，如果你还想继续胡说八道的话。"

我看得清楚，叔叔就快要变身成青面獠牙的教授了，我的皮最好绷紧一点。

"现在，"他继续说，"去查一下压力计。它标示多少？"

"很大很大的压力。"

"好。你看，我们慢慢下来，身体也渐渐习惯这个密度的大气，我们根本不觉得难受。"

"是没有，除了耳朵痛以外。"

"这没什么，快速深呼吸几下，就能消除不适了。"

"太好了，"我答道，暗下决心不再惹他生气。"感觉自己潜入这个密度比较大的大气里面甚至很有趣。您有注意到声音扩散的强度有多强吗？"

"当然有，连聋子都能听得一清二楚。"

"不过密度一定会越来越大吧？"

"对，根据一条还没得到定论的规则，地心引力的强度确实会随着我们往下而减轻。你知道地球内部的活动，甚至就是在地表上感受得最强烈吗？而且物体到了地心都会失重了。"

"这我知道，可是，告诉我，越向下大气压力一直增加，到后来空气跟水的密度不会变得一样大吗？"

"一定会，等到七百一十个大气压时，水跟空气的密度就一样大了[1]。"

"那再往下呢？"

"再往下，空气密度就还会再增加。"

"那我们怎么下得去？"

"就塞点小石子在口袋里面啊。"

"我说啊，叔叔，您还真是问不倒。"

我不敢继续假设下去，因为我又会撞上某个不可能的假设，让教授气得跳脚。

然而达到数千个大气压的空气，最后会转成固态是显而易见的事实，到时候就算我们的身体吃得消，也无以为继，不管全世界的论据怎么说，都无济于事。

但是我没有强调这一点。叔叔又会拿他那个不朽的萨克努森回击我，那人只是个毫无价值的先例，因为就算这位冰岛学者的旅行被证明了确有其事，我只要一个非常简单的问题就可以反驳：16世纪的时候，无论是气压计还是压力计都还没有发明出来，所以萨克努森怎么能够确定他抵达了地心呢？

但是我把这个异议闷在心里面，静候事情发展。

这一天剩余的时光都在计算和谈话中度过。我总是在附和李登布洛克教授的意见，不禁羡慕起汉斯置身事外的态度。他不问因果，盲目地顺应天意，直到天涯海角。

---

1 空气体积随压力和温度的改变而变化。压力增加气体体积缩小，密度加大。

第二十六章

我必须承认，事情直到现在都很顺利，抱怨就太不识相了。如果困难度的"平均值"不增加，我们就必定会达成目标。那将会是何等荣耀啊！我终于和李登布洛克教授同声同气了。真的。这是否与我身处奇怪环境有关系呢？也许。

连日来，我们都走在很陡峭的坡路上，其中一些甚至令人望而生畏，但我们开始直直深入地心了。某些日子里，我们甚至能往地心迈进六到八公里。下去的途中险象环生，这时候汉斯的灵活身手和临危不乱对我们非常有用。我不懂这位神色不动的冰岛人态度怎么能这样自如，尽忠职守。而且多亏他在，我们不再失足踏空，否则可能无法安全了。

此外，他日益沉默。我甚至相信它蔓延到我们身上来了。外在事物对脑子影响巨大。闭关自守的人最后会丧失表达想法和组织语言的能力。许多单独监禁的犯人因为缺乏思考能力的练习，后来不是傻就是疯。

距离我们最后一次交谈到现在的两个星期内，没有发生什么值得报告的事件。只有一起攸关生死的大事，半点细节我都难以忘怀。

8月7日，连日不断地往下爬，我们来到一百二十公里深之处，换句话说，我头顶一百二十公里上方是岩石、海洋、大陆和城市。我们应该已经离冰岛有八百公里远。

那一天的地道坡面并不太倾斜。

我背着其中一架伦可夫照明仪器，在前面领头，叔叔背着另一架。我正在审视花岗岩层。

突然间我转过头，发现自己落单了。

"好吧，"我心想，"一定是我走太快了，不然就是汉斯和叔叔在半路上停下来了。来吧，得去和他们会合。好在路不陡。"

我折返，走了一刻钟的时间。我看了看。没人。我出声呼唤。无人回应。我的声音消失在它突然唤醒的空谷回音中。

这下我开始担忧了，一阵森凉蹿遍我全身。

"冷静一点，"我大声说，"我很确定会再找到同伴的，没有两条路啊！我已经超前了，所以继续往回走吧。"

我又往上爬了半小时。我听听看是否有人呼唤我，空气密度这么大，再远的声音也可以传到我这边[1]。一片离奇的寂静笼罩宽广的通道。

我停下脚步，我无法相信自己孤孑一人。我还宁愿走错路，也不要迷路啊！走错路总会回到正途。

"好，"我又再讲了一次，"路只有一条，而且他们也走这条路，所以我们一定会重逢的。只要再继续往回走就好了。除非

---

1 音速和介质密度有关，密度越大速度越快，因此可以听到越远距离的声音。

他们没看到我，又忘记我领先他们，所以掉头去找我。就算是这样好了，如果我动作加快，就会找到他们。一定可以！"

我像个还没被说服的人，一再说着最后这句话。而且，就连归纳出这么简单的道理，都得耗费我老半天时间。

这时我起了疑心。我真的走在前面吗？当然。汉斯跟在我后面，他又走在叔叔前面。他甚至还暂停一会儿，重新系好肩上的行李。我记起了这个细节，我一定就是在那个时候继续走路。

"再说，"我心想，"我有个万无一失的法子，可以确保我不会迷路。那就是在这座迷宫里为我引路，而且源源不断的水流，我忠心耿耿的汉斯溪。我只要追溯它，就一定会找到我同伴的踪迹。"

这么一推想，我便如获新生。我决定立刻上路，不再耽误半点时间。

当时的我有多么庆幸叔叔洞察先机，阻止汉斯把花岗岩壁上的开口堵起来！于是这条好处多多的溪水不只在沿途上为我们止渴，现在更要引领我穿越蜿蜒曲折的地壳。

在往回走之前，我想先梳洗一下，让自己舒爽些。

于是我弯下来准备把头浸入汉斯溪水中……

各位不妨想象一下我当时有多么惊愕！

我一头撞上干燥粗糙的花岗岩！溪水不在我的脚边流动了！

第二十七章

我无法描述我的绝望。人类语言中没有一个字能表达我的感受。我被活埋了，还得眼看着自己毙命于饥渴之苦。

我反射性地用滚烫的双手拂过地面。这岩石摸起来多干燥啊！

可是我怎么会偏离溪流呢？它竟然不见了！于是我明白了，上次倾听同伴呼唤我的声音有没有传进我耳门的时候，那奇怪的寂静是怎么来的了。原来就在我刚刚误踏这条路的时候，没有注意到小溪不在脚边。显然当时我的面前冒出了一条岔路，而我的同伴和汉斯溪随着另一条曲折离奇的坡路，一起往未知的深处走去了！

我要怎么回去？足迹，没有。我的脚在这花岗岩上未曾留下足印。我苦思冥想，企图为这个无解的问题找一个解决之道。我的处境只要四个字就能道尽：我迷路了！

对！我在一个深不可测的地方迷路了！一百二十公里厚的地壳有如千钧重担，泰山压顶，我感觉自己被压垮了！

我试着回想地面上的事物。我几乎办不到。汉堡、国王街上的房子、我可怜的歌洛白，全都在我惊恐的脑袋里飞快掠过，我就在这一切的底下迷路了！我在活鲜鲜的幻觉中，又看见这趟旅程的点点滴滴，渡海、冰岛、弗里德克森先生、斯奈佛斯！我告诉自己，如果落到了这个下场，竟还心存一丝希望，那我肯定是疯了，这时候的心应该死了才对！

的确，谁的力量能拆开支撑在我头顶上的巨大拱顶，把我带回地表？谁能把我放回来时路，让我和同伴相聚呢？

"噢！叔叔！"我万念俱灰地呐喊。

但是我并没有再出言责难，因为我能体会那个不幸的男人四处找我的时候，应该会有多痛苦。

眼看自己四下无援，束手无策，我想到向上天求援。我回忆起我的童年和我的母亲，我只记得她的亲吻。虽然卑微如我，上帝可能听不见我的声音，而现在才想要祷告也或许有点迟了，我还是至意诚心地祈祷，恳求他。

回到上帝的身边让我静下心来，可以殚心竭虑思考我的情况。

我有三天的粮食，而且水壶是满的，然而我无法独自一人太久。只是我该往上走还是往下呢？

当然是往上！永远都要往上！

这样我应该能走到我抛下汉斯溪的地方，也就是那个该死的岔路口。等我到了那里，小溪又回到脚边，我总是能回斯奈佛斯山顶去。

我怎么没有早点想到呢？那里当然有获救的机会，因此我的当务之急就是找到汉斯溪。

我站起来，拄着我的包铁棍子，循着地道往上走。地道的坡度颇陡，我就像一个没有别条路走的人，带着期望，心无二想地走。

我在半小时内一路畅行无阻。我试着靠地道形状、某些凸出的岩石、崎岖蜿蜒的路面来认路。但是没有任何特别的迹象让我印象深刻，我很快就意识到这条路无法带我回到岔路口。它是一条死路。我撞上一道无法穿越的墙，摔落在岩石上。

当时我有多么惊恐，心情多么绝望，我无法说明。我的心有如枯木死灰。我最后的希望刚刚粉碎在这面花岗岩壁上了。

在这座蜿蜒曲折、纵横交错的迷宫里迷失方向，再也没有逃出生天的可能。必须命丧最惨绝的死法！但说来奇怪，我竟然想到若是我成为化石的身体有一天在地球底下一百二十公里的地方被人发现，那会在科学界中掀起多大的争议啊！

我想高声讲话，但是只有沙哑的声音从我干燥的双唇间逸出。我气喘如牛。

而在这焦灼之际，又来了个恐惧夺占我的思绪：我在落地的时候摔坏了灯，又没有办法修理，现在灯光逐渐黯淡下来，我就快要没有光了！

我看着光在照明仪器的蛇形管里萎缩。晃动的影子在逐渐变暗的岩壁上一字排开。我再也不敢闭上眼皮，深怕失去半点这即将消逝的光亮！每一刻我都觉得光明随时会消失，而黑暗就要入侵我。

最后，最后的一丝微光在灯笼里颤颤晃晃。我紧盯着它不放，简直要吸进眼睛里去，我在它上面集中眼力，仿佛这是我的双眼最后一次感受到光亮，接下来，我就陷入广阔无边的幽暗之中。

我的尖叫声何止凄厉！地面上的光就算在最深沉的黑夜之中也从不弃权的啊！它细微的光线弥漫，但就算只是一丝半丝的微光，视网膜终究感觉得到！这里，伸手也不见五指。绝对的黑暗使我成了名副其实的瞎子。

于是乎，我理智断线。我又站起来，双臂往前探，企图摸索出路。忽然间，我发足狂奔，在这座错综复杂、一路向下的迷宫中加快脚步，瞎碰乱撞，像个地底居民奔越地壳，我呼叫，呐喊，怒吼，要不了多久，我就在凸出的岩石上左撞右摔，再血流如注地爬起来，我试图喝下我脸上的淋漓鲜血，等待凭空出现的一堵厚壁，迎头撞个脑袋开花！

这场狂奔会带我去哪里？我还是不知道。好几个小时以后，我一定是气空力尽，像一块石头沿着岩壁倒下，失去了意识！

第二十八章

我恢复意识的时候，脸颊湿答答的，是泪。这个人事不知的状态持续了多久，很难说。我已经没有时间概念。没有一种孤独像我的一样，被如此全面地弃绝！

在我摔倒以后，我大量失血。我感觉自己的血简直泛滥成灾了！啊！我多惋惜自己没死成，"我还有得受了！"多想无益，我驱赶整个念头，我疼痛难耐，滚到对面的岩壁去。

我已经感觉自己就快要失去意识，还有随之而来的心力衰竭，此时，某种剧烈的声音撞击我的耳门。很像轰隆不绝的雷鸣，我听见声波慢慢消失在深远之中。

这声音打哪儿来的？肯定来自岩体里的某种自然现象吧。不是气爆就是内部某块巨大的岩石基座坍落了。

我还在聆听，我想知道这个声音还会不会出现。十五分钟过去了，寂静笼罩整条地道。我甚至听不见自己的心跳声。

忽然间，我偶然贴在厚壁上的耳朵隐隐截取到传自远方、模糊难解的话声。我战栗起来。

"这是幻觉吧！"我心想。

但不是。我更加凝神细听，我真的听见人声呢喃。可是我太虚弱，听不清楚说话内容。然而有人在说话，我很确定。

有那么一刻，我怕说话的人就是我，现在传过来的是回音。也许我在不知不觉中喊了出来？我狠狠闭上眼睛，再一次把耳朵贴到岩壁上。

"对，没错，有人在说话！有人在说话！"

我甚至沿着厚壁走开几尺，果然听得比较清楚。我隐约捕捉到几个奇怪、语意不清的字眼。听起来好像是谁压低音量说话，甚至是呢喃自语。"佛拉德[1]"这个字被痛苦地重复了好几遍。

这是什么意思？是谁说的？一定是叔叔或是汉斯。如果我听得见他们的声音，那他们也听得见我的。

"救我！"我使尽力气喊道，"救我！"

我在黑暗中聆听着，窥伺一句回答，一个尖叫，一声叹息，却一无所得。几分钟过去了，我的脑袋里生出一整个世界的念头。我想我有气无力的声音传不到我的同伴那边去。

"那是他们，"我又说了一遍，"不然还有谁会深入地底下一百二十公里？"

我又开始在岩壁上移动耳朵听，找到了一处声音似乎是最响亮的地方。"佛拉德"这个字又传进我耳内，接着是先前那个唤醒我的轰隆隆雷声。

"不对，"我说，"不对。这些声音不是透过岩体传过来的。这是花岗岩岩壁，天塌下来的声音也穿它不透的！话声是从这条通道传来的！那里一定有特别的传声效果！"

---

1 forlorad，意指迷路。

我再一次倾听，而这一次，对了！这一次！我清楚听见我的名字！

是叔叔讲的吗？他在跟向导说话，"佛拉德"是丹麦语！

这下我全懂了。如果要让他们听见我的声音，我就必须沿着这道岩壁说话，它就好比电线，可以输送我的声音。

但是我没有时间浪费。我的同伴只要走远几步，就会毁掉回声现象了。所以我靠近厚壁，尽可能清晰地讲出这句话："李登布洛克叔叔！"

我五内如焚。声音传送的速度没有很快。空气的密度并不会加快传声的速度，只会加强音量。几秒钟，抑或几个世纪过去了，终于，这句话传进我的耳内。

"艾克赛，艾克赛！是你吗？"

……

"是我！是我！"我回答。

……

"你在哪里，孩子？"

……

"我迷路了，这里黑到我什么都看不到！"

……

"你的灯呢？"

……

"熄了。"

……

"那小溪呢？"

……

"不见了。"

……

"艾克赛,可怜的艾克赛,鼓起勇气来!"

……

"等一等,我累坏了,没力气回答。可是您继续说!"

……

"加油,"叔叔继续说下去,"别说话,听我说。我们在地道里上上下下找你,但是怎么找都找不到。啊!我为你掉了多少眼泪呀,孩子!最后我猜你还在汉斯溪这条路上,所以我们又走回去,同时放了几枪。现在,如果我们的声音能相遇,纯粹是回声效果!我们的手却无法握在一起!但是你不要绝望,艾克赛!能听见彼此的声音已经很不错了!"

……

我在这段时间内动了脑筋。心中又升起一丝还模糊不清的希望。首先,我非知道一件事不可。我的嘴唇凑近厚壁,我说:"叔叔?"

……

"孩子?"一会儿我听见他的回应。

……

"我得先知道我们相隔的距离有多远。"

……

"这事好办。"

……

"您带着您的计时器吗?"

……

"带着。"

......

"好，拿起它。念出我的名字，同时记下您说话的确切时间。我会重复我的名字，您一样记下我的声音回传给您的确切时间。"

......

"好，在我的发声和你的回答之间所需时间的一半，就是我的声音传到你那边花费的时间。"

......

"就是这样，叔叔。"

......

"你准备好了吗？"

......

"好了。"

......

"那注意了，我要念你的名字了。"

......

我把耳朵贴着岩壁，"艾克赛"这三个字一传过来，我就立即回答"艾克赛"，然后我等着。

......

"四十秒，"叔叔说。"这一来一往花了四十秒，表示时间需要二十秒传递。而声音每秒可以跑三百三十一米，所以我们之间相距了六千六百二十米或者说是六点六二公里。"

......

"六点六二公里……"我呢喃。

......

"艾克赛，这个距离是可以跨越的！"

……

"我该往上还是往下？"

……

"往下，我来告诉你为什么。我们现在到了一处广大的空间，有数不尽的坑道通到这里。你走的那条一定会把你带来，因为这些裂缝啊、断口似乎都是围着我们这个大洞窟辐射状散开。你站起来，继续走。走，必要的话用爬的，在那些陡坡上快速滑行，你会发现我们的双臂在路的尽头迎接你。上路吧，孩子，上路！"

……

这些话提振了我的精神。

"别了，叔叔，"我喊道，"我要走了。一旦我离开这个地方，我们的声音就没办法再交流了！别了！"

……

"再见，艾克赛！再见！"

……

这就是我听见的最后一句话。

这句充满希望的话语结束了这场在地球内部，相距六公里以上的惊人对话。我向上帝祷告，感激他在广大无垠的黑暗之中，偏偏带我到也许是唯一能让我同伴的声音传来给我的地方。

这个令人惊异的回声效果只需要一个简单的物理定律就能轻松解释：走道的形状和岩石的传导性。像这种在媒介空间中听见声音传递的例子很多。我记得许多地方都被观察到这种现象，例如伦敦的圣保罗大教堂圆顶的内部通道，以及西西里岛上那些邻近叙拉古采石场的奇妙石灰石洞穴，其中最神奇的以"狄奥尼修斯之耳"[1]的名称传世。

忆及这些事，我就明白既然叔叔的声音能传到我这边，我们之间就没有阻碍。循着这条声音之路，我理应像它那样抵达彼方，假如力量没有在半途上弃我而去的话。

于是我站起来，拖着脚步前进，而不是行走。坡势颇为陡峭，我干脆滑下去。

忽然间，我脚下抽空，我感觉自己在一条垂直通道高低不平的表面上翻滚弹跳。这条通道根本就是一口井啊！我的头撞上一块尖锐的岩石，旋即昏死过去。

---

1 叙拉古（Syracuse）是西西里岛沿岸一座古城，是古希腊科学家阿基米德的故乡。岛上有一个人工开凿的石灰石洞窟，入口状似耳朵，画家卡拉瓦乔将之命名为"狄奥尼修斯之耳"。因为洞窟的形状，内部有相当好的传声效果。

第二十九章

当我恢复知觉，只觉在昏暗不明之中，躺在厚沉沉的被子上。叔叔在一旁照顾我，窥伺我的脸上是否有生还的蛛丝马迹。我才发出第一声叹息，他就握住我的手，我刚刚睁开双眼，他就发出欣喜的叫声。

"他还活着！他还活着！"他喊道。

"对。"我的声音有气无力。

"我的孩子，"叔叔把我拥进怀里，"你得救了！"

叔叔这句话里的腔调，特别是当中的关怀之情，大大地感动了我，但是我得历经多少艰险才能勾起教授这样的真情流露啊。

这时汉斯来了。他看见叔叔和我的手握在一起，我敢说他的双眼流露出一抹鲜明的欢欣。

"古得格。"他说。

"日安，汉斯，日安，"我轻声说，"现在呢，叔叔？告诉我我们现在在哪里。"

"明天吧，艾克赛，明天。你今天还太虚弱，我在你头上缠了纱布，别弄乱它了。睡吧，孩子，明天你就什么都会知道了。"

"那至少告诉我，"我继续说，"现在几点，星期几？"

"晚上十一点，今天是8月9日星期天。而在本月10号以前，我不准许你再发问。"

事实上，我真的很虚弱，不自觉地合上双眼。我需要一个晚上的休养，所以我一边想着自己不省人事了漫长的四天，一边昏昏沉沉地睡去。

我在次日醒来。我四下张望，我的床是由我们这趟远行带来的每条被子铺成的，被安置在一个迷人的洞穴之内，饰有漂亮的石笋，地面覆盖着细沙。此地昏暗不明，没有火把，也没有点灯，却有无法解释的亮光透过岩窟的一口窄洞，从外面照进来。我也依稀听见模模糊糊的细响，类似碎浪拍上沙滩的声音，有时则是微风飕飕。

我是否清醒？还是仍在睡梦中？我摔破的脑袋是不是感知到想象出来的声音。然而，无论是我的眼睛还是耳朵，都不可能错得这么离谱。

"这是日光，"我心想，"从岩石的裂缝溜进来的！那的确是海浪在呢喃！那是微风在轻啸！是我搞错，还是我们已经回到地球表面了？所以叔叔是放弃了远征，还是心满意足地完成了呢？"

我在纳闷这些难题时，教授进来了。

"早安，艾克赛！"他开心地说。"我很乐意打赌你身体好多了！"

"是啊。"我说，在被子上坐起来。

"应该的，因为你睡得很安稳。汉斯和我轮流守着你，我们看见你明显好许多。"

"的确，我觉得体力恢复了，证据就是我会津津有味吃你们为我准备的早餐！"

"你会吃到的，孩子！你退烧了。汉斯用冰岛人的秘方，一种我不晓得是什么玩意儿的药膏摩擦你的伤口，现在伤口都愈合了。我们的猎人真是个了不起的人才！"

叔叔嘴巴里说着，张罗了一些食物来，虽然他在一旁叮咛，我还是狼吞虎咽地吃掉。吃饭的时候，我不断问长问短，叔叔也急忙回答我。

于是我得知我在鬼使神差下，确实坠落到一条几呈垂直的通道的尽头。我混在石流当中抵达，其中最小的石块就足以压扁我，可见有一部分的岩体跟着我一起滑落。这辆恐怖飞车就这样把我送进叔叔怀抱里。我浑身浴血，不知人事地落在他双臂中。

"真的，"他对我说，"你没有死一千遍，真是令人惊讶！但是，看在上帝的份上！我们别再分开了，因为我们可能再也无法相见！"

"我们别再分开了！"所以旅行还没结束吗？我大睁的双眼满是讶异，立即惹来这个疑问。

"你怎么了，艾克赛？"

"有个问题想问您。您说我平安无事？"

"一点不错。"

"我的四肢健全？"

"绝对。"

"那我的头呢？"

"你的头除了几处挫伤，还好好地安在你的肩膀上。"

"那就好，我怕我的脑袋错乱了。"

"错乱？"

169

"对。我们没有回到地表去吧？"

"当然没有！"

"那么我一定是疯了，因为我看见日光，听见风声，还有海涛声！"

"哦？只有这些吗？"

"您会告诉我原因吗？"

"我什么都不会告诉你，因为我没办法解释，不过你会看到，然后你就会明白地质科学还没有说出它最后的定论。"

"我们出去吧！"我突然起身。

"不行，艾克赛，不行！外面风太大，可能对你有害。"

"风？"

"对，风还蛮猛的。我不要你去吹风。"

"可是我保证我的身体好得很。"

"有耐心一点，孩子。你要是复发，我们就麻烦了，而且我们没有时间可以浪费，因为横渡可能会很久。"

"横渡？"

"对，你再休息个一天，我们明天上船。"

"上船！"

最后这句话令我跳了起来。

什么？上船？所以这里有一条河、一座湖泊还是海洋？一艘船正停泊在地球内的某座港口？

我的好奇心被激到最高点。叔叔试图拦住我但没拦成。当他看见我的急不可耐恐怕比满足我的愿望让我更劳神伤身的时候，他就让步了。

我迅速换好衣服，并罩了其中一条被子在身上以防万一，走出洞穴。

我的好奇心被激到最高点。叔叔试图拦住我但没拦成。当他看见我的急不可耐恐怕比满足我的愿望让我更劳神伤身的时候，他就让步了。

第三十章

首先我什么都没看见。我的眼睛不习惯光线，唰地闭了起来。等我可以睁开眼睛的时候，我不是啧啧称奇，反而怔怔瞪着。

"海！"我惊喊。

"对，"叔叔答道，"李登布洛克海，我乐于相信没有任何航海家会来跟我抢这个荣誉，发现它的人是我，我当然有权利用我的名字命名啰！"

浩浩漫漫的一大片水，可以是湖泊或海洋，延及视线之外。月牙状的海岸上，波浪涌上金色的海滩，沙滩上散落着原始生命住过的贝壳。海浪撞碎在岸上，发出广大的密闭空间中特有的响亮声音。一抹轻盈的泡沫在一阵和风的吹拂下飞走，几朵浪花溅到我的脸上。在微微倾斜的海滩上，距浪缘约莫两百米的地方，悬岩的扶壁隐没当中。

这些峭壁参天而起，愈往上愈宽，其中一些尖锐岩脊撕破海岸，形成被拍岸浪侵蚀的海角和岬角。再远一点，我们的眼睛跟随着这一大座悬岩，它在地平线雾蒙蒙背景的衬托下，清楚地显示出轮廓。

这是一座真正的海洋，海岸线和地球表面同样不规则，只是游人绝迹，而且看起来很野生，令人战栗。

如果我的视线能够游移到海的远方，那是因为一道"特殊"的光线能遍照微末。不是太阳亮晃晃的万道金光，也不是月亮苍白朦胧的光芒，月光只是没有热气的反射而已。不，这道光的照耀能力，颤动的漫射，清澈干燥的白，微微上升的温度，比月光更明亮的光芒，在表示光源纯粹来自电能，一如北极光晕。这个恒久不灭的宇宙现象普照在这个容纳得下整座海洋的岩窟中。

高悬在我头顶上的拱顶、天空——如果我们要这么称呼的话——似乎是由凝结而成的大片云朵和流动多变的蒸汽组成，某些日子里，这些应该会化成倾盆暴雨。我本来以为在这么大的大气压力下，水蒸发不了，然而因为某个我不懂的原理，有大块大块的乌云散布在空中。不过"天气很好"。

广泛弥漫的电光在非常高远的云上制造出变幻莫测的惊人光芒，在下方云朵上清清楚楚地显现出影子来，而且一道炫目强光经常钻进两朵分离的云层中，直射在我们身上。总之那不是阳光，因为光里感受不到热气，把气氛营造得悲愁忧郁。这不是星光闪闪的苍穹，我感到那些云朵上方的花岗岩拱顶，把全部重量压在我身上，而这个空间尽管辽阔无边，也不够最小的卫星运行。

于是我记起某位英国船长的理论，他把地球比喻成一个空心的辽阔球体，在球体内部的天空因为大气压力的关系而维持明亮，普路托和普塞琵娜[1]这两个天体在上面画出神秘的轨道。他说

---

1 人类早期就有"地球空洞说"的观念，无论是哪一种宗教都认为地底下有冥界。17世纪，英国天文学家哈雷（Edmond Halley，1656—1742）提出地球从表到里有三层壳，每一层都是空心的说法。苏格兰物理学家约翰·莱斯礼爵士（John Leslie，1766—1832）认为地球内部有两个小太阳，并以冥王普路托及冥后普塞琵娜（Proserpina）的名字为它们命名。

的会是真的吗？

我们真的被封闭在一座辽阔无边的岩窟里。它的宽度无法判断，因为海岸开阔直到一望无际；我们也无从判断它的长度，因为些许朦胧的地平线很快就会把我们的视线挡下来。至于高度，应该超过许多公里。上头那块拱顶是支撑在它的花岗岩扶壁上吗？虽然视线不可及，但是有这么多的云高挂空中，它们的高度应该可以估计为四千米，比地球上的云还要高，而且主因肯定是空气可观的密度。

"岩窟"一词当然表达不了我心中对这个广阔空间的描绘。但是对一个到地心去冒险的人而言，人类的语言早已不复使用。况且，我不知道要用哪个地质学的真理来解释这种岩窟的存在。地球冷却能造成这个现象吗？多亏一些旅人的游记，我对某些著名的岩洞甚是了解，但是无一拥有这样的面积。

虽然洪堡参观哥伦比亚鸟洞[1]时，只探索了八百米深，并没有发现鸟洞深度的奥秘，但它或许并没有超过多少。肯塔基州深广的长毛象洞也的确奇大无比，它深不可测的湖泊上方，拱顶高达一百六十米，游客走四十多公里也不会碰到尽头。但是我此刻赞赏着的地方，有自己蒸蒸腾腾的天幕、电光照明，还有毗连的浩瀚海水，那些岩洞又怎能相提并论呢？

我默默凝视眼前的奇观胜景。我说不出话来表达我的感受。我以为身处某个遥远的星球上，正目睹天王星或是海王星，目睹一些我身为"地球人"不曾意识到的现象。新的感受就需要新的词汇，我的想象力没有提供。我看着，想着，怀着掺杂了些许恐

---

1 鸟洞（Cueva del Guacharo）位于委内瑞拉，是一座天然石灰岩巨窟。17世纪时，洪堡在这里发现油鸱这种未知鸟类。

惧的惊愕赞叹着。

这个料想不到的美景，使我的脸上恢复一点血色，惊讶这个崭新的疗法正在治疗我，帮我痊愈。此外，密度很大的丰沛空气供应更多的氧气给我的肺，让我精神为之一振。

在一条狭窄的地道内历经四十七天的监禁之后，不难想象能吸进这个饱含盐分的湿润微风，是多么舒畅快意。

所以我无须懊悔离开昏暝的洞穴。叔叔已经看惯这些美景，不觉为奇了。

"你感觉力气恢复一点没有？"他问我。

"当然有，"我答道，"我没这么畅快过。"

"那好，抓住我的手臂，艾克赛，我们沿着蜿蜒的海岸走吧。"

我急忙接受。我们开始沿着这片陌生的大海走。左边那些险峻的岩石，层层垒垒，堆砌成巨石堆，令人生出奇异之感。它们的侧边挂着无数的瀑布，像清澈透明、喧声嘹亮的水幕奔腾而下。几朵轻盈的蒸汽在一个又一个岩石上弹跳，显示此处有热泉。一条条溪流共同汩汩流往盆地，在这些缓坡上发出更悦耳的呢喃。

我从这些溪流中认出我们忠心的路上伙伴——汉斯溪，它平静地流过来注入海中，仿佛自世界诞生以来它就没有其他事要做。

"我们以后会想念它的。"我叹了一口气说。

"啧！"叔叔回答说，"是它还是另一条溪流有什么差别？"

我觉得他这样讲有点忘恩负义。

不过此时我的注意力都让一个始料未及的景色吸引住了。距离我们五百步远，在高耸岬角的转角处，有一座高高在上的森

成千上万密密丛丛的白蕈，光线穿不透它们的浓荫，这些并排的圆顶好比一座非洲城市的圆形屋顶，下方则陷进黑森森的一片。

林，蓊郁葳蕤，出现在我们眼中。它是由高度中等、被裁成规则的阳伞状、清楚的几何线条的树木组成，大气中的气流似乎不能左右它们的树叶。这些树叶竟然能迎风而纹丝不动，简直就像石化的雪松丛。

我加快脚步。我不知道该如何称呼这特别的树种。它不包含在现今已知的二十万植物物种里吗？需要在湖边植物群里给它们安插一个位置吗？不。等我们来到浓荫底下，我的惊讶不再出于赞叹了。

事实上，我面对着地球上的产品，只是从巨大的版型里裁剪出来的。叔叔立刻喊出名称。

"只是蘑菇林嘛。"他说。

他没说错。不妨想象一下这些性喜湿热的植物铺天盖地的模样。我知道根据布利雅[1]的研究，大马勃[2]的圆周可以达到二点六至二点九米，但是这里的是白藁[3]，高十至十三米，有同样直径的藁盖。成千上万密密丛丛的白藁，光线穿不透它们的浓荫，这些并排的圆顶好比一座非洲城市的圆形屋顶，下方则陷进黑森森的一片。

但是我想更往深处走。一股要命的寒气从这些肉质的拱顶漫下来。我们在潮湿的黑暗里随意走了半小时，我感到身心舒爽，宛如置身海边。

这块地底大陆里的植物并不仅限于蘑菇。难以计数、褪色叶子的其他树种耸立在稍远处。它们很容易辨识，这些在地球上身

---

1 布利雅（Pierre Bulliard，1752—1793）是法国植物学家，同时擅长绘画，总是为自己的著作画插图或是版画。其著作《植物学基础图鉴》（*Dictionnaire Elementaire de Botanique*）对研究真菌学非常重要。
2 植物名，球状或卵球状的腹菌类，由树木腐败而生，孢子成熟则干燥，研末可药用。
3 一种寄生在木上的隐花植物。种类很多，多成伞形。

形低矮的灌木，来到此处便尺寸骇人，高达三十米的石松、巨型封印木[1]、如高纬度地区的松树般高大的蕨类，鳞木有分叉的圆柱茎，尾端是长形叶子，上面竖着硬毛，好似巨型的多肉植物[2]。

"惊奇，美妙，非凡！"叔叔高喊，"地球过渡期的植物全都在这里了。这些种在我们院子里的低矮植物，在地球诞生初期曾经是树！看，艾克赛，好好赞赏赞赏！从来没有植物学家亲身参与过这样的飨宴！"

"您说得没错，叔叔。聪明绝顶的学者充满幸福地重建的这些远古植物，上帝似乎想要把它们保存在这座辽阔的温室里。"

"你说得好，孩子，这是一座温室，不过，你如果再加上动物园的话，会说得更贴切。"

"动物园！"

"对，没错。你看我们脚踩过的这些灰尘，这些散布在地上的枯骨。"

"枯骨！"我惊喊，"对，是远古动物的遗骨！"

我急巴巴走向这些由毁坏不了的矿物质[3]而形成的远古残骸。我不假思索就能喊出这些宛如干枯树干的巨骨名字。

"这是乳齿象[4]的下颚，"我说，"那是恐象[5]的臼齿，而这个股骨只有大地懒[6]这种体形最大的动物才会有。对，这里的确是动

---

1 古植物。石松纲，是封印木科中重要的一属。茎高大，仅在顶端呈两歧分枝，或不分枝。生存于石炭纪及二叠纪。
2 多肉植物又被称作肉质植物，是指植物能在气候或土壤干旱的条件下拥有肥大的叶或茎甚至是贮藏器官，多肉植物主要生长于沙漠及海岸干旱地区。
3 原书作：磷酸钙。
4 乳齿象是长鼻类哺乳动物。属乳齿象科。外型有点类似长毛象。
5 恐象是象的史前亲属，生存于中新世中期至更新世早期。
6 大地懒是一种巨大的动物，见于更新世中美洲和南美洲。

物园，因为这些枯骨绝对不是因为地壳变动被运到这里来的。这些枯骨的主人原本住在这座地底海洋的岸边，活在这些树荫下。咦，我还看见完整的骸骨。可是……"

"可是什么？"叔叔问。

"我不懂这花岗岩窟里头，怎么会有这种四足动物存在。"

"为什么不会有？"

"因为动物是直到第二纪才出现在地球上，那个时候河流的冲积作用造成了沉积地层，取代原始时代的炽热岩石。"

"这样啊！艾克赛，对于你的异议，我的回答非常简单：这里就是沉积地层。"

"怎么会？在地表底下这么深的地方？"

"没错，而且我可以用地质学来解释。地球在某个时期，只是由一个具有弹性的地壳形成的，按照万有引力，它承受上下的力量交替的运动。有可能发生了地层下陷，一部分的沉积地层被拖进突然洞开的巨壑底了。"

"应该是这样。可是如果远古时代的动物在地底下这些地区生活过，谁能告诉我们，这些怪兽之一不会还在这些幽暗森林里，或是这些陡峭岩石后面游荡？"

我一想到这个，不禁心惊胆战地巡视起地平线不同的点，但是杳无人迹的海岸上根本别无活物。

我有点累，所以走到岬角的尽头坐下，岬角底部传来哗哗的海浪拍岸声，整个半月形海湾尽收我眼底。海湾尽头的金字塔状岩石间形成一座小港口。港口海水躲开了风的吹袭，平静地睡着。说不定停泊一艘双桅横帆船和两三艘双桅纵帆船都没问题。我几乎等着看见某艘船扬起所有的帆，在徐徐的南风吹拂下出海。

但是这个幻觉很快就消散了。在这座地底世界中，我们的确是唯一的活物。因为风暂时停了，一片比沙漠的寂静还更深沉的寂静，落在这些干燥的岩石上，低低压着海平面。于是我试着想看透远方那片云雾，想撕去这面披掩在地平线神秘背景上的帘幕。我急急忙忙想问，大海在哪里结束？它通往哪里？难道我们永远也无法抵达对岸吗？

叔叔倒是信心满满。我则是既渴望又害怕。

凝望这美妙的景色一个小时后，我们又重拾沙滩那条路，走回洞穴中。我就在最奇妙的念头催眠下，沉沉睡去。

第三十一章

次日，我醒来时已完全康复。我认为洗个澡对我大有裨益，便到这地中海里去泡个几分钟。它绝对比任何海洋都配得上这个名称。

我食欲大开，回来吃早餐。汉斯烹调我们的简餐很有一套，他手边有水有火，因此能够稍微变变花样。他端给我们几杯咖啡做餐后甜点，我觉得这美味的饮料从未比现在更香醇过。

"现在要涨潮了，"叔叔说，"我们不可以错过研究这个现象的机会。"

"什么？涨潮？"我惊喊。

"没错。"

"月球和太阳的影响连在这边都感觉得到？"

"为什么不行呢？万物不全都臣服在万有引力之下吗？所以这一大片水怎么能例外呢？而且海平面上的大气压力虽然大，你还是可以看到潮水像在大西洋一样翻腾。"

此刻我们走在海岸上，海浪在沙滩上逐步前进。

"水开始涨了。"我喊道。

"是的，艾克赛，可以从这些海浪留在沙滩上的泡沫观察到海水能涨数米高。"

"太神奇了！"

"不对，这是正常的现象。"

"虽然您这么说，我还是觉得这一切很神奇，我几乎不相信自己的眼睛。谁曾经想过地壳里会有一座真正的海洋，还有潮起潮落，有微风和暴雨呢？"

"为什么不行？有反对它的原理吗？"

"从我必须放弃地热说的那一刻起，我就找不到了。"

"所以说，直到现在，达维的理论得到证实啰？"

"当然，从此再也没有理由能反驳地球内部有海洋或是大陆的存在了。"

"可不是嘛，只不过这里没有生物。"

"那为什么某些未知的鱼种不能住在水里呢？"

"至少我们到现在连一条都没有看到。"

"我们可以做钓线啊，看看鱼饵在这地底下会不会跟地上的海里一样有效。"

"我们会试的，艾克赛，因为我们必须探索这些新地区的所有秘密。"

"可是我们在哪里呢，叔叔？因为这个问题我还没问，您的仪器一定能回答的。"

"离冰岛水平方向一千四百公里。"

"这么远？"

"我很确定误差不会超过一公里。"

"罗盘还是指向东南方吗？"

"对，西边偏角十九度四十二分，就像在地球上一样。但是倾角出现了一个奇怪的现象，我很仔细地观察过。”

“什么现象？”

“指针不像在北半球那样往北极倾斜，而是完全相反。”

“这就是说磁极介于地表和我们现在这个地方之间啰？”

“没错，而且如果我们来到极地之下，接近詹姆斯·罗斯[1]发现的纬度七十度磁极，我们就会看见指针直竖。所以这个神秘的地磁中心并不在非常深的地方。”

“的确，这就是一个科学没有怀疑过的事实。”

“孩子，科学是由错误造成的，这些理当该犯的错误会逐渐带领我们走向真理。”

“那我们现在的深度呢？”

“一百四十公里。”

“这样子，”我说，一边察看地图，“我们上方是苏格兰的山地，这里，是高耸入云的格兰扁山脉[2]，山顶覆满白雪！”

“对，”教授笑着回答。“背起来是有点重，不过拱顶很坚固。宇宙的伟大建筑师用上好的建材来建造它，人类从未能达到这样的跨度！跟这个半径十二公里，下方有随心所欲发展的海水和暴风雨的耳堂[3]相比，地球上那些桥拱和大教堂的拱顶又怎么能相提并论？”

“噢！我不怕天空掉到我头上。现在，叔叔，您的计划是什

---

1 詹姆斯·罗斯（James Ross）在加拿大北极地区的布西亚半岛（Boothia Peninsula）发现北极磁极。

2 格兰扁山脉（Monts Grampians）是苏格兰三大主要山脉之一，是不列颠群岛中地势最高的区域。

3 耳堂是十字形教堂的横向部分，用直角穿过中殿，十字形平面交叉延伸出去短轴的部分称之为十字形翼部或称为耳堂，又叫作横厅。

么？您不打算回地表吗？"

"回去？啐！恰恰相反，我会继续我们的旅程，因为直到现在，一切都进行得那么顺利。"

"可是我不懂我们能怎么穿过这座液体平原。"

"噢！我不会声称我会急急忙忙带头跳下去。但是这座大海充其量只是湖泊，因为它四周有陆地，更何况这座内海都给花岗岩包起来了。"

"这倒是。"

"所以啦，我很确定能在对岸找到一个新出口。"

"您认为海有多长？"

"一百二十公里到一百六十公里左右。"

"啊！"我说，一边想象这个估计很可能不确实。

"所以我们没时间可以浪费，明天我们就要出海了。"

我不由自主地用眼睛搜寻起那艘我们理应搭乘的船只。

"啊！"我说，"我们要上船。好！那我们要搭哪一艘船？"

"我们要搭的不是船，孩子，而是好又坚固的木筏。"

"木筏！"我惊喊，"无论要造木筏还是船都不可能，我看不太出来——"

"你看不出来，艾克赛，但是，如果你用听的，你就听得出来。"

"听？"

"对，榔头敲打的声音会告诉你，汉斯已经在干活了。"

"他在造木筏？"

"对。"

"什么！他已经砍好树了？"

"噢！树都砍了。来吧，我们去看他工作。"

步行了一刻钟，我们来到岬角的另一侧。我看见汉斯在天然海港这一侧工作。不出几步，我就来到他身边。看见完成一半的木筏躺在沙子上，我大吃了一惊。它是由一种特殊木材削成的横木扎起来的。遍地是无数的或直或弯的厚木板以及各种绳索。那些材料都足够建造一整支舰队了。

"叔叔，"我喊道，"这是什么木头？"

"是松树、冷杉、桦树等各种北方针叶树，受海水作用而变成矿物。"

"有可能吗？"

"俗称'褐煤'[1]或'化石木'。"

"那它们就应该像褐煤，硬得跟石头一样，那还浮得起来吗？"

"有时候是这样，有些木头会变成真正的无烟煤，但是其他的，像这些，才刚开始转变成化石而已。你看。"叔叔补上一句，同时把其中一块珍贵的残木往海里丢。

那块木头在消失之后又浮上水面，随着水波起伏摇晃。

"这下你相信了吧？"叔叔问。

"我比较觉得这种事难以置信！"

隔天晚上，多亏向导心灵手巧，木筏完工了。它有三点二米长，一点六米宽，坚固的绳索把化石木横木一根根绑起来，扎成一块坚固的平面，一旦下水，这条临时打造的小船就会平稳地浮在李登布洛克海上。

---

1 surtarbrandur，冰岛语的"褐煤"。

第三十二章

　　8月13日，我们在一大清早醒来。今天是一个快速又不累人的新式交通工具的落成典礼。

　　两根并拢的棍子绑起来成为桅杆，第三根棍子充当桅桁，一面借用我们的被子凑合成的帆，这就是木筏的所有索具。

　　我们不缺绳索。整个木筏结结实实。

　　六点，教授发出上船的信号。粮食、行李、科学仪器、武器和许多饮用水都各就各位。

　　汉斯安置了一个舵，以便操纵他的漂浮机器。他开始掌舵。我松开将我们系在岸上的缆绳。调整好船帆的方向后，我们很快就离开码头。

　　离开小港口的时候，喜爱为他的新发现命名的叔叔想要给港口起个名字，他中意我的名字。

　　"好是好，"我说，"不过我有另一个名字要建议您。"

　　"哪个名字？"

　　"歌洛白。歌洛白港，很适合放在地图上。"

　　"那就歌洛白港吧。"

然而我的想象力把我带到古生物学美妙的假设里。我清醒地做起白日梦来。我仿佛在水面上看见庞大的古代乌龟，这些远古巨龟极似漂浮的小岛。在巴西洞穴里发现的隐兽、来自西伯利亚苦寒极地的反刍兽这类原始大型哺乳动物，行经过这些阴暗的沙滩上。

我朝思暮想的亲爱的维尔兰姑娘，就这么跟我们这趟快乐的远征沾上了边。

微风从东北方吹过来。我们顺风疾行，有如风驰电掣。密度很大的大气提供强大的推力，就像个强力的风扇朝船帆上猛吹。

一个小时后，叔叔终于能估计出我们的速度。

"如果继续这样走，"他说，"我们二十四小时至少能行一百二十公里，很快就会看见对岸了。"

我没有搭腔，过去坐在木筏前头。北海岸已经开始沉入地平线了。海岸的东西两岸有如双臂，大大地敞开，仿佛是为了方便我们出发。眼前的大海一望无垠。大块云朵的灰影在海平面上快速游移，看似压在这片阴郁的水上。银色电光像小水滴四处反射，在木筏的侧边生出斑斑光点。没过多久，所有陆地就从眼中消失了，所有方位标都不见踪影。如果没有木筏激起水沫的航迹的话，我可能会以为木筏纹丝不动。

接近中午，巨大的海藻在海面上随波浪起伏。我知道这种植物的力量，它们生长在海底近四公里的深处，在接近四百个大气压的压力下繁殖，常常形成占地相当可观的海藻滩，阻碍船只的行进，但是从来没有海藻比李登布洛克海的这些更巨硕，我想。

我们的木筏沿着长达一千、一千三百米的墨角藻航行，它们宛若不见头尾的巨蛇。我紧盯着无限长的海藻不放，乐此不疲。我老是相信就要看到极端了，这样子过了许多个小时，直到我的耐性跟惊奇都被消磨殆尽。

什么样的力量能够制造出这种植物？在地球形成的初期，植物在热气与湿气的作用之下，独自称霸地表，那该是什么样的一番景象啊！

入夜了，就跟我前一晚注意到的一样，空气中的发光状态并未减弱分毫。这是个恒久的现象，我们可以依赖它。

晚餐过后，我躺在桅桁下，就快要懒洋洋入梦了。

汉斯静立在舵旁不动，让木筏自行漂流，再说顺风推拥着木筏，甚至不需要人来操纵。

自从我们在歌洛白港起锚以来，李登布洛克教授就让我负责写"航海日志"，记录最细微的观察结果，记载有趣的现象、风向、航速、行经路线，一言以蔽之，这趟奇妙航行的点点滴滴。

因此我仅在这里转载我的日常笔记。我几乎是随着事件发生而匆忙记下的，以便较为精确地描叙我们渡海的情形。

8月14日，星期五

吹着同样的西北微风。木筏笔直地飞速疾行。海岸保持在下风处一百二十公里。地平线上空空荡荡。光的强度不变。天气晴朗，亦即云淡高远，并且沐浴在一片白色大气中，就像融化的银。温度是三十二摄氏度。

中午，汉斯在钓线末端准备钓饵。他用一小块肉做饵，把钓线丢进海中。整整两个小时，他都一无所获。所以这水中真的没有生物居住？不会的。这时钓线一阵震颤。汉斯拉线，拉回一条奋力挣扎的鱼。

"鱼！"叔叔喊道。

"是鲟鱼！"轮到我大呼小叫，"小型鲟鱼！"

教授专注地打量这条鱼，没有赞同我的意见。这条鱼的头部扁圆，身体前面部分覆盖着骨板，嘴里没有牙齿，甚为发达的胸鳍是为了配合没有尾鳍的身体。它的确属于被自然学家归类为鲟鱼的目，但是它在基本特征上，又与鲟鱼有所不同。

叔叔没有搞错，因为他在迅速端详一遍后，说："这条鱼的科已经灭绝了好几个世纪，我们可以在泥盆纪找到这个科的动物化石。"

"什么！"我说，"我们竟然有可能活捉这种原始大海中的居民？"

"对，"教授答道，同时继续观察，"而且你看这些化石鱼跟现今的鱼种毫无雷同之处。能把这些生物之一抓在手中，实在是自然学家之福啊。"

"那它是属于哪一科呢？"

"硬鳞目（Ganoid），头甲鱼科（Cephalaspis），至于是什么属……"

"怎么样？"

"我敢发誓，是星甲鱼属（Pterichthyodes）！但是这只鱼有个特点，地底水中的鱼身上都有。"

"什么特点？"

"它看不见。"

"看不见！"

"不只看不见，根本连视觉器官都没有。"

我瞧了瞧，还真的是。不过这可能是个特例。于是钓线又被挂上了鱼饵，重新丢回海里。当然，这座海里的鱼不可胜数，因为我们在两小时内就钓到不胜枚举的星甲鱼，还有一些属于同样已经灭绝的双鳍鱼[1]，不过叔叔并不晓得它们的属。这些鱼全都没有视觉器官。这次意料之外的垂钓大幅更新了我们的储存粮食。

因此，很显然这座海里只有化石鱼种，这些鱼种的鱼就如同爬虫类，起源得愈早就会演化得愈完美。

也许科学能利用一块骨头或是软骨重建的蜥蜴类，我们会遇上其中之一呢？

我拿来望远镜，注视海水。可是它空空荡荡，一定是我们还太靠近海岸的缘故。

我仰望空中。为什么不朽的居维叶[2]复原的那些鸟类，不来振翅扰动厚重的大气层呢？这里的鱼够它们吃啊。我观察空中，但是那里就跟海岸一样寂寥。

然而我的想象力把我带到古生物学美妙的假设里。我清醒地做起白日梦来。我仿佛在水面上看见庞大的古代乌龟[3]，这些远古巨龟极似漂浮的小岛。在巴西洞穴里发现的隐兽[4]、来自西伯利亚苦寒极地的反刍兽[5]这类原始大型哺乳动物，行经过这些阴暗的沙滩上。再远一点的地方有厚皮动物棱齿兽[6]，这种巨型貘躲在岩石后面，准备和无防兽争夺猎物。

---

1 Dipterides，一种拥有双鳍的鱼。
2 乔治·居维叶（Georges Cuvier, 1769—1832）是法国自然学家。
3 Chersite，一种陆龟。
4 Leptotherium，一种接近鹿属的动物。
5 Mericotherium，一种接近骆驼，具有羊的特征的动物，大约跟长颈鹿一般高，有一点像大角羊。
6 Lophiodon，一种接近貘犀的动物。

无防兽（Anoplotherium）是一种奇形怪状的动物，形似犀牛、马、河马和骆驼，仿佛造物主在创世初期忙作一团，把许多动物给集合在一起。庞大的乳齿象（Mastodonte）甩动大的长鼻，用大的牙齿磨碎海岸上的岩石；大地懒（Megatherium）巨大的脚让它稳如泰山，正一边挖掘地面，一边嗥叫，唤醒花岗岩响亮的回音。稍微高一点的地方，第一只出现在地球上的原猴（Protopitheque）正爬上险峻的树巅。而在更高远之处，翼手龙像只巨型蝙蝠在压缩的空气上滑行。最后，在最高的那几层大气中，比鹤鸵更强悍，比鸵鸟更大的巨鸟，舒展开它们宽阔的翅膀，飞去迎头痛击花岗岩的拱壁。

整个化石世界在我的想象中复活。我回到物种起源的圣经时代，比人类的诞生要早得多，那时地球还不完整，不适合人类居住。这时我的梦境领先生物。哺乳类消失了，接着是鸟类，然后是第二纪的爬虫类，最后是鱼类、甲壳动物、软体动物、节肢动物。轮到过渡期的植物形动物（Zoophyte）消失得无影无踪。地球上的所有生命都浓缩在我体内，在这生物绝迹的世界里，只有我的心脏在跳动。四季不再，气候不再，地球固有的热气不断加剧，抵消掉太阳的热气。而植物倍增。我像一道阴影，梭行蕨叶之中，我犹豫的脚步踏过泛出虹光的泥灰岩以及色彩驳杂的砂岩；我倚靠在粗巨的针叶树树干上，睡在高三十米的楔叶、芦木和石松的浓荫之下。

世纪的流转就像一天那样过去了！我往上追溯地球一系列的变化。植物消失了，花岗岩丧失它们的硬度，在一个更强烈的热能作用下，液态即将取代固态，水在地球表面流动，滚滚沸腾，它蒸发了，蒸汽覆盖地球，地球逐渐变成一颗气态球，炽热得发白，硕大灿烂一如太阳！

我被拖进太空中，就在比地球这个有朝一日将会形成的星球大一百四十万倍的星云中！我的身体变得微渺，轮到我升华了，像一颗无法过秤的原子，掺入这些在无限空间中划出火烫轨迹的广泛弥漫的蒸汽。

好一个梦！我被带到哪里去了？我着魔的手在纸上画下奇怪的细节。教授和向导还有木筏，我全都忘了！我的心思都让幻觉夺占了……

"你怎么了？"叔叔问。

我圆睁的双眼集中在他身上，却视而不见。

"小心，艾克赛，你要掉进海里了！"

同时，我感觉汉斯一只强而有力的手抓住我。没有他，受梦境控制的我就会一头栽入海浪中。

"他疯了吗？"教授叫道。

"怎么了？"我终于回过神，问道。

"你生病了吗？"

"没有，刚刚神游太虚了一下，但是过去了。都没问题吧？"

"没问题！顺风，海又美！我们前进得很快，而且如果我的估计没错，我们很快就要登陆了。"

听见这句话，我站起来巡视地平线，但是水天仍是一线。

第三十三章

8月15日，星期六

大海一成不变得单调。仍然不见陆地。地平线未免太遥不可及。

我的头还因为做了一场激烈的梦而沉甸甸的。叔叔没有做梦，但是心情恶劣。他用望远镜浏览空间的每个点，然后一脸气恼，双臂盘胸。

我注意到李登布洛克教授就快变回过去那个脾气毛躁的人，我在日志上记下这件事。我得历经艰险，尝尽苦头，才能从他身上榨出一星半点的人情味来，但是自从我痊愈以后，他又故态复萌。可是他为什么要动怒呢？我们的旅程不是进行得很顺利吗？木筏不正以令人痛快的速度狂驰？

"您看起来很忧心，叔叔？"我说，看望远镜常常贴在他的眼睛上。

"忧心？不。"

"那是不耐烦了？"

"谁都会不耐烦，就算比这更小的事！"

"可是我们前进的速度很快——"

"那有什么用？不是速度太慢，是海太广了！"

于是我记起出发之前，教授估计这座地底海洋一百多公里长，可是我们已经走了三倍长的距离了，仍是迟迟不见南岸。

"我们下不去了！"教授继续说，"我们只是在浪费时间。总之，我大老远跑来这里，可不是为了在池塘上泛舟的！"

他竟然说渡海是泛舟，把这座海洋称为池塘！

"可是，"我说，"既然我们按照萨克努森指示的路走——"

"这就是问题。我们走的真是那条路吗？萨克努森有碰上这座海吗？他渡海了吗？那条我们拿来当向导的小溪，没有害我们走错路吗？"

"反正我们都走到这里了，也不能后悔。这风景那么优美，而且——"

"这不是看不看的问题。我既然为自己立定了一个目标，我就要达到它！所以别再跟我提什么欣赏风景！"

我没有多说，让教授自己去不耐烦地咬嘴唇。晚上六点，汉斯来索取他的工资，叔叔付了三银元。

8月16日，星期天

没有新鲜事。甚至天气都没有变化。风有稍稍增强的趋势。我醒来的时候，关心的第一件事就是察看电光的强度。我老是害怕电光变暗，然后熄灭。没有这回事。木筏的阴影清晰地出现在海面上。

这海真的浩瀚无垠！它应该和地中海甚至大西洋一样宽，为什么不可能呢？

叔叔探测了好几次。他把其中最重的一个十字镐绑在绳子的尾端，他放出三百二十米的绳子。没有触底。我们费了好多力气才把我们的探测器拉回来。

当十字镐回到船上，汉斯让我注意到它的表面出现非常明显的痕迹，仿佛这块铁曾经被使劲儿地夹进两个坚硬的物体之间。

我看着猎人。

"探达¹！"他说。

我听不懂。我转向叔叔，他正潜心苦思，我不想打扰他，又回来望着冰岛人。汉斯开开合合嘴巴好几次，好让我明白他的意思。

"牙齿！"我惊愕地说，再把这块铁更仔细地看了一遍。

对！嵌入金属的痕迹确是齿痕！长着这些牙齿的下颚，力气应该非同小可！在这深海底下，会是比鲨鱼的破坏力更大，比鲸鱼还可怕，已经灭绝的怪物吗？我的视线牢牢粘着这块被

---

1 tander，意指牙齿。

啃噬大半的铁条不放。我前一晚做的梦就要成真了吗？

这些念头让我心神不安了一整天，在几小时的睡眠中，我的想象力几乎静不下来。

8月17日，星期一

我企图回想起远古时代那些动物的特殊本能，这些动物是继软体动物、甲壳动物和鱼类之后出现，但是早于哺乳类。当时的世界为爬虫类所有。这些怪兽称霸侏罗纪的大海[1]。大自然赐予它们最完整的构造。硕大无比！力大无穷！现今的蜥蜴类，例如短吻鳄或鳄鱼，即便是体积最大、最凶猛的，比起它们的远祖，也只是小巫见大巫罢了！

我回想起这些怪兽就浑身打战。没有人类的眼睛见过生龙活虎的它们。它们出现在人类一千个世纪前的地球上，但是在英国人称为早侏罗纪的黏土石灰岩里面所找到的化石，让我们得以精确重建这些动物，认识它们巨大的构造。

我曾在汉堡的博物馆里看过这些蜥蜴类之一长达十米的骨架。所以我这个地球人是注定要和远古时代某个科的代表面对面吗？不！不可能。然而，强而有力的咬牙痕迹深深刻在铁条上面，而且我认出这些齿痕跟鳄鱼的牙齿一样呈锥形。

我两眼恐惧地集中在海上。我生怕看见某只海底洞穴的居民冲出海面。

我猜李登布洛克教授也有同样的想法，不然就是和我一

---

1 原书注：侏罗山（Jura）的地层就是这时期的大海形成的。

样害怕，因为他在检查十字镐之后，用眼光扫视大海。

"真要命，"我在心里说，"他发什么神经去探测深度！这下惊动了某只藏身海底的海兽吧！万一我们在半途上被攻击……"

我朝武器晃了一眼，想确认它们都完好无损。叔叔见状，以实际行动表示赞同。

海面上已经产生大动荡了，这指出深海底下起了骚动。危机近在眉梢。我们必须保持警觉。

8月18日，星期二

入夜了，或者应该说睡意让我们眼皮松垂的时候，因为海上没有夜晚，电光不肯收势，执意劳累我们的眼睛，我们仿佛在太阳下的北极海洋上航行。汉斯在掌舵。我在他值班的时候睡觉。

两个小时后，一阵天摇地动把我晃醒了。一股无以名状的力量使木筏被海浪推到四十米之外。

"怎么回事？"叔叔惊喊，"我们触礁了吗？"

汉斯的手指着近四百米的距离外，一块时起时伏、黑乎乎的庞然大物。我看了看，喊道："好大的鼠海豚（marsouin）！"

"对，"叔叔响应，"现在来了体积大得不像话的海蜥蜴（lezard de mer）！"

"远一点的地方有一只狰狞的巨鳄！您看到它的大下颌，还有那几排牙齿了吧！噢！它不见了！"

"鲸鱼！有鲸鱼！"教授喊道，"我看到它的巨鳍了！快看它从鼻孔里排出来的空气和水！"

　　果然，两道水柱直冲霄汉。有这么一群水中怪兽在身旁，我们只能惊讶，惊愕，惊骇。它们的尺寸都超乎自然，当中体形最小的都能轻易一口咬碎木筏。汉斯为了避开这些恶邻，意欲抢风行驶，但是他看见船的另一侧有其他同样可怕的敌人：一只十三米宽的海龟和长达十米的海蛇，后者正将它的巨头甩到海面上来。

　　我们不可能逃得掉。这些爬虫往彼此靠拢，它们绕着木筏游动的速度，就连飞速奔驰的火车都无法匹敌。它们绕着木筏，画出一圈又一圈的同心圆。我抄起卡宾枪，可是区区一颗子弹，又能在那些覆满鳞片的身上造成什么伤害呢？

　　我们惊骇得说不出话来。现在它们靠过来了！一边是鳄鱼，一边是海蛇。其他水中动物全都消失了踪影。我要开枪，但是汉斯一个手势阻止了我。两只怪兽来到离木筏百米的地方，急于拼命相扑，狂怒蒙蔽了它们的双眼，竟对我们视而不见。

　　它们在离木筏两百米的地方开战。我们看得清清楚楚这两只怪兽的搏斗。

　　但是我觉得现在其他动物也过来加入战圈了，鼠海豚、鲸鱼、海蜥蜴、海龟。我随时都可以看见它们。我把它们指给冰岛人看。后者摇摇头，表示不以为然。

"帝玛[1]。"他说。

"什么？两只？他竟说只有两只怪兽……"

"他是对的。"叔叔叫道，望远镜没有离开过他的眼睛。

"怎么可能！"

"对！第一只怪兽长着鼠海豚的口鼻，海蜥蜴的头，鳄鱼的牙，害我们上了当。这是远古时期最可怕的爬虫——鱼龙！"

"那另外一只呢？"

"另一只是藏在乌龟背甲里的蛇，正是鱼龙的死对头——蛇颈龙！"

汉斯说得没错。才不过两只怪兽就能这样让海面翻腾，我眼前的是原始海洋中的两只爬虫。我看见鱼龙血红的眼睛，足有一颗人头那么大。大自然赐予非常高强的视觉器官，能够抵抗它居住的深海中的水压。有人正确无误地称它"蜥蜴中的鲸鱼"，因为它有鲸鱼的速度和体形。这一只不会小于三十米，当它在海面上垂直竖起尾鳍的时候，我可以判断它有多么庞然。而根据自然学家的说法，它巨大的下颚里至少有一百八十二颗牙。

蛇颈龙圆柱蛇身，尾巴短，腿的形状如桨，全身覆盖着背甲。它的脖子如天鹅颈一样可自由伸缩，在海面上竖起近十米高。

两只动物对决的肃杀之气，笔墨难以描致。它们掀起如

---

1 tva，意指"二"。

山巨涛，直直延及木筏这边。我们差点翻覆二十次！如破耳惊雷的啸声直逼我们的耳门。两只海兽斗得难分难解，我无法分辨哪只是哪只！到时候胜利者的暴怒一定会吓得我们魂飞魄散。

一个小时，两个小时过去了，战况依旧如火如荼。两名斗士忽远忽近，我们静止不动，准备开火。

说时迟，那时快，鱼龙和蛇颈龙挖出一个巨大旋涡来，双双无影无踪。所以这场战斗会在深海中结束？

一颗巨大头颅蓦地破水而出。是蛇颈龙。这只海兽身负重伤，一息奄奄。我看不见它的背甲了。只有它的蛇颈直直竖起，然后倏然垂落，再竖起，又弯下，如同一条巨鞭抽打着海水，最后像一截断身的虫那样蜷曲起来。海水四处飞溅，溅得老远。水花使我们眼盲。但是蛇颈龙的垂死挣扎很快就接近尾声了，它的动作渐少，慢慢不再扭曲，然后这一大截蛇颈像一块木头，瘫软在趋于平静的海面上。

那鱼龙，它回到它的海底洞穴去了吗？还会再出现海面上吗？

第三十四章

8月19日，星期三

谢天谢地，劲风吹着我们迅速逃离战场。汉斯还是在掌舵。叔叔因为那场拼斗的种种事件从原本的全神贯注中分了神，这会儿他又急躁地回去观海。

旅途又恢复千篇一律的单调，但是如果打破单调的代价是像昨晚那样惊险百出，那还是保持现状的好。

8月20日，星期四

不甚稳定的东北偏北风。气温高。我们以十四公里的时速前行着。

时近中午，远远传来声响。我翔实记录下来，但无法提出解释。轰鸣声不绝于耳。

"远方，"教授说，"有海水在冲激悬岩或某座小岛。"

汉斯爬到桅杆顶，但是并未打出有暗礁的信号。海面一平如镜，直至天边。

三小时过去。轰鸣似乎传自远方的水瀑。

我向叔叔指出，他摇摇头，但我却有信心自己没听错。所以我们正朝着某个即将把我们送进深渊里的瀑布驶去吗？这样接近垂直的下去法，有可能会遂了教授的心意，但是对我而言……

总之，在上风处几公里的地方一定有个喧闹的现象，因为现在轰鸣声以惊天动地之势传过来。这声音是来自天空还是海里呢？

我把目光带往悬挂在空中的蒸汽，企图探测它们的深度。天空很平静。云被带往拱顶的最高处，似乎静止不动，浸沐在强烈的电光中。所以我必须往他处寻找这个现象的原因了。

于是我研究起没有云雾遮蔽、清晰的地平线。它的模样没有改变。但是如果声音发自悬泉或瀑布，如果这座海洋正急忙流往内部盆地，如果这个巨响是一大片落水制造出来的，那流速势必会加快，它增加的速度可以帮我衡量威胁着我们的危险。我察看水流。无波无浪。我丢下去的空瓶还留在下风处。

接近四点，汉斯起身，牢牢攀住桅杆，爬至顶端。他环视前方的海洋，然后停留在某一点上。他的脸上没有流露任何诧异神色，但是视线聚焦起来。

"他看见什么了。"叔叔说。

"我想是。"

汉斯爬下来，接着朝南方伸出手，说："德尼尔[1]！"

"那边？"叔叔问道。

叔叔抓住望远镜，专注地看了一分钟，那一分钟在我感觉来却是一个世纪。

"对，对！"他大喊。

"您看见什么了？"

"海面上立着一道巨大的水柱。"

"又是什么海中生物吗？那就稍微把航向往西边调，因为我们现在都知道碰上这些远古时期怪兽有多危险！"

"我们继续走。"叔叔答道。

我转向汉斯。汉斯坚定不移地维持航向。

然而，假设我们和这只生物相隔的距离估计至少四十五公里，而我们可以看见鼻孔排出的水柱的话，那它的尺寸一定大得骇人。一般说来，逃跑是上策，但是我们可不是为了小心行事才到这里来的。

于是我们勇往直前。我们越是接近，喷射水柱就越是硕大。什么样的怪物能装得下这么多水，然后这般不间断地源源排出呢？

到了晚上八点，我们距离它已经不到八公里了。它黝黑狰狞的庞然身躯，宛如一座小岛铺展在海上。是幻觉吗？还是恐惧使然？它的长度在我眼里超过两千米！这只无论是居维叶还是布鲁门巴赫[2]都未曾料想过的鲸鱼，到底是哪一类

---

1 der nere，意指"远方那边"。
2 布鲁门巴赫（Johann Friedrich Blumenbach，1752—1840）是德国医生、自然学家、生理学家、人类学家。

的？它纹丝不动，好像在睡觉。似乎连大海也抬不动它，反而是海浪在它身侧忽起忽落。水柱蹿高到一个一百六十米的高度，再以裂耳的声音落下。我们发了狂地朝这只力大无穷的庞然巨物驶去，我看一天一百只鲸鱼都喂它不饱。

我心胆俱裂。我不要再往前走了！如有必要，我会割断帆索！我违抗教授，他却没有搭理我。

汉斯倏地站起来，手指着那个熬气腾腾的黑点。

"霍姆[1]！"他说。

"是岛！"叔叔喊道。

"岛？"轮到我耸起肩膀复诵。

"那水柱是？"

"间歇泉。"汉斯说。

"啊！不错，是间歇泉！"叔叔应道，"跟冰岛那些[2]一样！"

起先我不愿相信自己错得这么离谱，竟然把小岛看成深海怪物！但是事实摆在眼前，我也不得不认错。那只不过是个自然现象而已。

随着我们驶近，水柱的尺寸更见雄伟。这座小岛神似一只头高出海水二十米的巨鲸，无怪乎我会搞错。间歇泉，冰岛人称作"给基福（gysir）"，为"狂暴"之意，正庄严地傲立在小岛尽头。喷泉不时爆发如雷巨响，而那巨硕的水柱像是勃然暴怒，撼得蒸汽震震颤颤，同时弹跳到最低的那层

---

1 holme，意指"岛"。
2 原书注：位于海克拉火山（Hekla）脚下非常著名的喷泉。

云上。它孤零零的。既没有火山气体，四周也没有温泉，火山的全部力量都浓缩在它体内。射过来的电光与耀目的水柱融合为一，折射出缤纷的色彩。

"我们靠岸。"教授说。

但是我们必须仔细避开这个瞬间就能让木筏沉没，有如龙卷风一般的泉水。汉斯老练地操作，带我们到小岛彼端。

我跳上岩石，叔叔脚步轻快地尾随，而汉斯像个见怪不怪的人，留在他的岗位上。

我们走在混合着凝灰硅质岩的花岗岩上，地面在我们脚下打战，就如锅炉的两侧有过热的蒸汽扭扭屹屹。地面热烫烫的。我们来到一处，可以看见一个小型中央盆地，喷泉就矗立在内。我把温度计斜插入流动的滚水中，温度计标示着一百六十三摄氏度的高温。

所以泉水是从灼热的炉心冒出来的，这和教授的理论相违背。我忍不住跟他指出。

"是吗？"他应道，"这证明了什么？哪里违背我的看法了？"

"没什么。"看见自己撞上一块又臭又硬的粪坑石头，我冷冷说道。

然而我不得不承认直到现在，我们特别受老天眷顾，而且因为一个不明的缘由，整趟旅途中气温条件特殊，但是我觉得我们总有一天会到达那些热度达到顶点，远超过任何温度计刻度的地区，这是显而易见甚至确凿的事。

我们到时候就知道了。这是教授的口头禅。他在以侄儿名字为这座火山小岛命名之后，发出上船的信号。

我还多流连了几分钟凝望喷泉。我注意到水柱的喷射在入口处不太规则，力道偶尔会减弱，接着又勇猛地喷起来，我认为是积聚在蓄水库里的蒸汽压力变化使然。

最后，我们绕着南方的嶙峋巉岩离开。汉斯趁着这次暂停让木筏恢复原样。

不过我在离岸之前，做了几项观察，以便计算我们走了多少距离，然后记在日志里。自从离开歌洛白港以后，我们横渡了一千零八十公里，现在离冰岛两千四百八十公里，正好在英国底下。

第三十五章

8月21日，星期五

次日，那座壮观的喷泉已经在视线之外。风势转强，我们很快地驶离艾克赛小岛。轰鸣水声逐渐转弱。

天气——如果可以这么称呼的话——不久就要变坏了。大气充满水蒸气，水蒸气挟带盐水蒸发所形成的电光，云压得老低，染上单一的惨绿色调。这面半透明的帘幕低垂在暴风雨戏码即将上演的舞台上，电光几乎穿它不透。

我感觉到特别印象深刻，就像地球上所有生物在大难临头时的感觉那样。"积云[1]"在南方堆垛，一副阴惨惨的模样，很有我常在暴风雨前夕留意到的"冷酷无情"的外表。空气沉滞，水静无波。

远处的云有如一朵朵凌乱但不失雅致的大棉球，它们逐渐膨胀，减少了数量，却增加了体积。它们沉甸甸的，脱离不了地平线，但是在高处气流的吹拂下，逐步融合无间，灰

---

1 原书注：圆弧状的云。

211

暗下来，然后转眼间就会变成令人畏惧的单一云层。偶尔，一团仍然明亮的蒸汽跳上这片灰地毯，立时就消失在半透明的大块乌云里。

显然大气饱和了水汽，我全身濡湿，顶上的毛发倒竖，有如待在一台电动马达旁边。我觉得如果我的同伴这时候碰触到我的话，就会遭受猛烈的电击。

早上六点，暴风雨的征兆益发明确，风力减弱仿佛是为了先好好缓一缓气，天幕恰似一只巨大的羊皮袋，装满了暴风雷雨。

我不愿相信来自天空的威胁，然而我忍不住脱口而出："要变天了。"

教授没有搭腔。看着大海在他眼前延伸无限，他的心情糟透了。他对我说的话算算肩。

"暴风雨要来了，"我说，朝地平线伸出手，"那些云低低压在海面上，就要把它压扁了！"

一片沉寂。风也住口了。大自然有如死尸，停止了呼吸。我已经看见一星微弱的圣艾尔摩之火[1]出现在桅杆上，松软的船帆沉重地、皱巴巴地垂坠着。木筏在水波不兴的沉厚大海中央静止不动。但是，如果我们不走了，留着这面可以在暴风雨的首波攻击下害我们沉船的帆有什么用呢？

"把帆拉下来，"我说，"推倒桅杆！这样比较安全！"

---

1 圣艾尔摩之火（St. Elmo's fire）是一种自然现象，经常在暴风雨下的船只桅杆顶端可以看见这种蓝白色闪光。

"见鬼，不行！"叔叔吼道，"一百个不行！就让风抓住我们！让暴风雨卷走我们！只要它让我看见对岸的岩石，就算我们的木筏撞碎在那上面也无所谓。"他话还没说完，南方的地平线就倏地走了样。堆积的蒸汽化成水，而被暴烈召唤来填补凝结造成的空隙的空气，变成飓风。它来自岩窟最深远的尽头。黑暗更加浓重。我勉为其难记了几笔不完全的内容。

木筏被高高举起，抖抖跳跳。叔叔被弹了上去。我朝他匍匐而去。他牢牢紧抓着缆绳的一端，看起来正津津有味地细细瞧着各种接踵而来的场面。

汉斯没有移动。飓风把他的长发往后刮，再吹回他漠然不动的脸上，给他一副奇异的外貌，因为他的每一根发梢都竖着闪闪发亮的静电。他仿佛戴着远古时期人类的骇人面具，和鱼龙、大地懒生活在同一个时代。

但是桅杆还撑得住，船帆像一颗即将被刺破的气泡绷得紧紧的。木筏狂驰的高速我无法估计，却远不如在它底下移动的水滴快，水滴飞快形成一条条笔直又清晰的线条。

"帆！帆！"我说，示意要把帆拉下来。

"不可以！"叔叔回答。

"内[1]！"汉斯说，轻轻摇摇头。

然而雨水在地平线之前漫成一帘轰然雷动的水瀑，我们失心疯似的朝地平线驶去。但是在水瀑到达我们之前，云的

---

1 nej，意思是"否定"。

纱帐瞬时破开，犹如沸腾的海水涌入，而在上方云层里广泛进行的化学作用制造的电，也被牵连了进来。雷闪融合电光，无数的电芒在咆天哮地的声响中穿梭交错。团团蒸汽变得白热，闪闪发亮的落雷击打我们工具或武器上的金属。掀起的浪涛看起来就像一座座火山丘，底下潜伏着烈火，而每朵浪尖都装饰着火焰。

强光耀得我炫目，闪电的轰隆声震得我耳膜破裂。我必须抓住桅杆，它却像恶风下的芦苇那样弯折了！

……

（我的笔记在这里变得非常不完整。我只找回一些反射性记下来、稍纵即逝的观察。内容尽管简略，甚至费解，却都烙印着当时支配我的情绪，带出当下的感受，远比我的记忆更生动。）

……

8月23日，星期日

我们在哪里？无可匹敌的速度带着我们走。

过了心惊胆跳的一夜，暴风雨兀自未息。我们四周都让声音填得饱满，震天巨响轰隆不绝。我们的耳朵都出血了，也无法交谈。

闪电持续不休。我看见倒退的Z形闪电在迅速射出后，从下面或上面来来回回，击打花岗岩拱顶。万一拱顶塌下来了呢？其他闪电不是分枝开叉，就是变成火球，像炸弹一样爆开。整体的声量似乎没有升高，因为它已经超过人耳所能接收的极限了，就算世界上所有火药库碰巧同时炸掉了，"我们也不会听得比较清楚"。

云层表面有不停歇的光照，带电物质不断释放它们的分子。空气的构造当然出现变化，因为有无数的水柱冲向大气，再冒着水沫落下。

我们要去哪里？叔叔直挺挺躺在船艄。热气加剧。我看着温度计，它指着……

（数字被抹掉了。）

8月24日，星期一

简直没有结束的一天！为什么这片密度如此大的大气，状态出现变化后，不会恢复稳定呢？

我们已经筋疲力尽到骨头都快散了。汉斯还是老样子。木筏如常朝东南方驶去。自从离开艾克赛小岛以来，我们已经航行八百公里以上了。

中午，飓风的威力加剧。我们必须牢牢系上船上的所有物品。我们自己也彼此绑在一起。海浪飞越我们的头顶。

三天来，我们连一句话都不可能交谈。我们张开嘴巴，抖动嘴唇，完全发不出听得见的声音。就算附在耳边说话，也听不见彼此。

叔叔凑近我。他字正腔圆说了几句话。我想他对我说"我们迷路了"，但是我不确定。

我决定写下这句话给他："拉下我们的帆。"

他表示同意。

他还来不及仰起头，一枚火球就出现在木筏边。桅杆和帆整个飞掉了，我看着它们直飞天际，好似翼手龙这种远古异鸟。

我们吓得魂飞魄散，僵立不动。半白半蔚蓝的火球像是一颗近三十米的炸弹，缓缓移动，在飓风的长尾巴下，滴溜溜转着。它忽远忽近，攀上木筏的骨架之一，跳上粮食袋，再轻灵地下来，跳跃，擦过火药箱。恐怖的一刻！我们就要爆炸了！不！耀眼夺目的火球飞开，逼近汉斯，汉斯目不斜视地盯着它；它接近叔叔，叔叔急巴巴跪地躲避；它靠近我，炽热电光的光辉照得我面色死白，哆嗦打战。它在我的脚边迅速旋转，我试着把脚抽走，但是办不到。

一股亚硝气味充斥大气，它钻进喉咙、肺部。我们就要窒息。

我为什么没办法挪开我的脚呢？我的脚被钉在木筏上了吗？啊！这颗火球吸引了船上所有铁块，科学仪器、工具、武器躁动不安，相互撞击，发出刺耳的当啷声响，我鞋子上的钉子死死地粘着一块嵌在木板上的铁片。我拔不起我的脚！

最后，我在火球即将回转，抓住我的脚，把我拖走的那一刻，以吃奶的力气使劲一提，把脚拔开了……

啊！一阵刺目的光，火球爆炸了！我们全身覆满了火星！

紧接着，四周全都暗了下来。我只来得及看见叔叔躺在木筏上，汉斯依然掌着舵，还因为电流进入他体内而"吐着火"！

我们要去哪里？我们要去哪里？

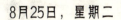

8月25日，星期二

我昏厥了好久，终于醒过来。暴风雨尚未停歇，闪电霹霹雳雳地好像一窝被甩到大气中的蛇。

我们还在海上吗？是的，而且以一个无法估算的速度被卷着跑。我们已经航经英国、英吉利海峡、法国的底下，或许全欧洲……

又传来异响！当然，是大海撞碎在悬岩上的声音！可是这时候……

第三十六章

我口中的"航海日志"就在这个地方结束。日志很幸运地从船难被解救下来。我会接下去记述，就像之前一样。

木筏冲撞海滨暗礁的情形，我无法描述。我感到自己直坠坠栽进浪涛中。如果我死里逃生，如果我的躯体没有被尖锐的岩石撕裂，全是因为汉斯强健的手臂将我从鬼门关里拉出来。

这位英勇的冰岛人把我挽到海浪不及之处，我和叔叔并躺在滚烫的沙子上。

接着他回到有怒涛拍岸的岩石那边去抢救残骸。我说不出话来，我惊魂未定同时疲软力虚，我需要一整个小时恢复。

大雨依旧滂沱，不过雨势增强预告了暴风雨即将结束。几块重叠的岩石提供给我们一个避雨处，躲开从天而降的滔滔洪流。汉斯准备了一点食物，我却没办法碰，接着，经过前三夜的折腾，我们个个浑身酸痛，疲然入睡。

次日晴空万里。天空和大海上下一心，平静了下来，丝毫不见暴风雨的痕迹。迎接我苏醒的，是教授开心的话声。他整个人欢天喜地的。

"怎么样啊，孩子，"他大声说道，"睡得好吗？"

听到这问候，谁不会以为我们还在国王街的家里，我正从容地下楼用餐，而且当天就要举办我和可怜的歌洛白的婚礼呢？

唉！暴风雨只要稍微把木筏往东边丢，那我们就能经过德国底下，我亲爱的汉堡城下，这条住着我钟爱的心上人的街道下方。我们之间只隔着一百六十公里哪！只不过是花岗岩厚壁垂直向下的一百六十公里，而且其实需要跨越四千公里以上的距离！

在我回答叔叔的问题之前，这些令我痛心的念头迅速掠过我的脑海。

"啊，"他又说，"你不想告诉我你睡得好不好吗？"

"很好，"我答道，"就是骨头都散了，不过之后就会没事了。"

"绝对会没事，就是有点累而已嘛，没别的。"

"您今天早上好像很开心，叔叔。"

"是喜出望外，孩子！喜出望外！我们到了！"

"我们的远征结束了？"

"不是，我们来到这座无垠大海的尽头了。我们现在要走陆路，直直深入地球内部。"

"叔叔，请容我问一个问题。"

"我准，艾克赛。"

"回程呢？"

"回程！啊！我们都还没到，你就想着要回家了啊？"

"不是，我只是想问回程要怎么走。"

"用全世界最简单的方法啊。一旦抵达地球中心，我们要么是找一条没走过的路，爬上地表，要么就是悠闲地再走来时路啰。我想它总不会在我们走过之后就封起来了。"

"那就得把木筏恢复原状。"

"一定要。"

"但是粮食呢？剩下的还够我们做完这么多事吗？"

"当然够。汉斯这么能干，我很确定他把绝大部分的载货都救下来了。我们干脆去确定一下吧。"

我们离开这座四面透风的洞穴。我有一个希望，但是那个希望同时也是个担忧。我觉得木筏的激烈碰撞不可能没有摧毁船上所有物品，不过我错了。我到达海岸的时候，我看见汉斯在一大堆整理得井然有序的物品中间。叔叔跟他握手的时候，几乎感激涕零。这个男人尽忠职守的精神无人能及，甚至空前绝后，在我们睡觉的时候仍继续工作，拼死救下了最珍贵的物品。

这并不代表我们没有什么损失，例如武器，但是我们没有武器其实也无妨。险些在暴风雨中炸光的火药完好无缺。

"好吧，"教授大声说，"没了枪，我们唯一的损失就是不能打猎了。"

"好，那科学仪器呢？"

"最有用的压力计在这里，我宁愿把其他的都送走！有了它，我就能计算深度，知道我们何时抵达地心。没有它，我们有可能走过头，从对跖点出来了！"

看来他开心得快飞上天了。

"罗盘呢？"我问。

"在这里，在这块岩石上，完好无损，还有计时器跟温度计。啊！汉斯真是个难能可贵的人才！"

我得说在科学仪器方面，什么都没有少。至于工具和机械，我看见散置在沙子上的有梯子、绳索、鹤嘴锄、十字镐等等。

但是还有粮食问题必须厘清。

"粮食呢？"我问。

"来看看。"叔叔回答。

装粮食的箱子保存完整地铺排在沙滩上，大海饶过了大部分，总之有饼干、肉干、杜松子酒和鱼干，我们有四个月的粮食可以指望。

"四个月！"教授惊喊，"足够我们来回了，吃剩的我还可以拿回去馈飨我约翰学院的同事呢！"

我早该习惯叔叔的脾气，但是这个人还是不住地令我惊奇。

"现在我们去储水，"他说，"暴风雨倒了不少雨水在花岗岩盆地里，我们不必担心会口渴了。至于木筏，我会嘱咐汉斯尽他的能力修好，虽然我猜想我们应该用不着了。"

"什么意思？"我惊喊。

"只是我的一个想法，孩子！我想我们不会从进来的地方出去。"

我狐疑地盯着教授看，纳闷他是不是疯了。然而他不知道"自己有多么料事如神"。

"来吃饭吧。"他继续说。

他给猎人几个指示后，我跟着他来到一座位于高处的岬角。我们在那里享用了肉干、饼干和茶组成的美味的一餐，我必须承认，这是我人生中吃过最可口的其中一顿饭。饥饿、户外的新鲜空气、风雨过后的平静，全都对我的胃口大开贡献良多。

用餐时，我问了叔叔一个问题，想知道我们现在在哪里。

"我觉得这个，"我说，"好像很难计算。"

"要算得很准确的话是没错，"他答道，"甚至不可能，因为这三天的暴风雨，我没办法记录速度和木筏的航向，但是我可以大概指出我们的位置。"

"的确，最后做的一次观察是在喷泉那座小岛——"

"艾克赛小岛，孩子。能用自己的名字为第一座在地球内部发现的小岛命名是个光荣，不要拒绝它。"

"好吧！在艾克赛小岛，我们横渡了大约一千公里，当时我们位于离冰岛两千四百公里以上的地方。"

"好！那我们就从这里开始，再加上四天的暴风雨，这段期间我们的速度不该低于一天三百二十公里。"

"我也这样想。所以要再加上一千两百公里。"

"对，从李登布洛克海的一个岸到另一个岸大约是两千四百公里！你知道吗，艾克赛？它这么大，可以媲美地中海哩！"

"对，尤其是如果我们横越的只不过是它的宽度而已！"

"这很有可能！"

"有件事很奇怪，"我补充说，"如果我们的计算无误，我们的头顶上现在就有那个地中海。"

"真的吗？"

"真的，因为我们现在离雷克雅未克三千六百公里！"

"那还真是好长一段路哪，孩子。不过，就算我们在地中海之下，而不是土耳其或大西洋，也不能肯定我们的航向没有改变。"

"不，风似乎没有断过，所以我想这个海岸应该位于歌洛白港的东南方。"

"好，查看罗盘，要确定就不难了。我们去看罗盘吧！"

我摇摇罗盘，检查它，它的状况良好。无论我们怎么摆，它的指针总是顽固地转回这个意外的方向。

　　因此，无须怀疑，我们在暴风雨中没有注意到风向急转了：风把木筏带回叔叔原以为留在他背后的海岸上。

教授朝汉斯放罗盘的那颗岩石走过去。他喜滋滋的，脚步轻快，搓着手，还摆姿势耶！真是个老顽童！我跟着他，颇好奇我有没有估计错误。

叔叔来到岩石边，拿起罗盘，将它水平摆着，细看它的指针。指针一阵摆动，然后在磁场的影响下停在一个固定位置上。

叔叔看了看，紧接着揉揉眼睛，再看一次。最后他睁大眼睛惊愕地回到我旁边。

"怎么了？"我问。

他作势要我自己去看罗盘。我也忍不住失声惊呼。在我们推测为南边的方向，却是指针尖端指示的北方！它转回沙滩方向，而不是大海！

我摇摇罗盘，检查它，它的状况良好。无论我们怎么摆，它的指针总是顽固地转回这个意外的方向。

因此，无须怀疑，我们在暴风雨中没有注意到风向急转了：风把木筏带回叔叔原以为留在他背后的海岸上。

　　我不可能描述李登布洛克教授身上纷沓而来的感受，惊愕，怀疑，最后是愤怒。我从来没见过哪个人先是这么狼狈，然后又那么生气。渡海的劳顿、重重的危难，全都要重来一遍！我们没有前进，反而倒退了！

　　但是叔叔很快就振作起来。

　　"啊！造化弄人！"他呐喊，"大自然串通起来对付我！空气、火和水齐心协力阻挠我通过！好啊！那就让它们瞧瞧我的意志力有多大能耐。我不会屈服的，一步都不会退缩，我们来看看最后谁占上风，是人还是大自然！"

　　奥图·李登布洛克站在岩石上，气愤难平，口出威胁，宛若凶恶的埃阿斯[1]，仿佛正在对众神下战书。但是我认为该过去制止他继续疯狂地激愤下去。

　　"听我说，"我语气坚定地对他说，"在这人世间，再大

---

1 埃阿斯（Ajax）是希腊神话中特洛伊战争的英雄。根据传说，他在特洛伊陷落后，闯进阿波罗神庙强掳、奸污特洛伊公主兼祭司卡桑德拉（Cassandra）。他虽骁勇善战，却骄矜狂妄，最后自取灭亡。

的野心都有个极限。我们不应该钻冰取火。我们的配备很差，没办法在海上旅行，拿被子当帆，棍子做桅杆，还有拼拼凑凑的横木，这样子是没办法对抗狂风，走完两千公里的。我们无法驾驭，我们是暴风雨的玩物，要横渡大海是不可能的，只有疯子才会再试一次！"

我可以接连提出这些无法反驳的理由整整十分钟而不被打断，但这只是因为教授心不在焉，我讲的道理他一句也没听进去。

"上船！"他喊道。

这就是他的回答。尽管我争论了，恳求了，发火了，还是无法动摇叔叔比花岗岩还坚硬的意志力。

汉斯此刻修理完木筏，仿佛他这个怪人早猜到了叔叔的计划。他添加了几块化石木来强化木筏。帆已经挂在上头了，风正在它飘扬的皱褶间玩耍。

教授对向导说了一些话，后者立刻把行李搬上船，为起航打点好一切。空气颇为纯净，西北风也稳稳地吹刮。

我能怎么办呢？一个人抵抗两个人？不可能。汉斯站到我这边来的话，说不定还有希望。但是没有！冰岛人似乎已经把个人的意志摆到一旁了，发誓自我牺牲。我在这位如此听从主子的雇工身上是得不到支持的。必须往前走了。

所以我过去坐在木筏上的老位子，这时叔叔出手阻止我。

"我们明天才出发。"他说。

我的动作就像一个任人摆布的人。

"我疏忽不得，"他继续说下去，"命运之神既然把我推向海岸的这一端，在认识它以前，我绝对不会离开。"

当我们得知我们回到北海岸，而不是当初离开的地点，我可以理解叔叔何以这么说。歌洛白港理应往西方偏一点。从这时起，没有什么比仔细探勘这个新着陆点的周围环境更有道理。

"我们去看看能发现什么吧！"我说。

留下汉斯忙他的活，我们就离开了。从滨海处到岩石扶壁脚边之间的范围相当宽阔。在抵达岩壁前，我们可以走上大半个小时。我们的脚踩过无数不同形状、不同体形的巨大贝壳，里面曾经住着原始动物。我也看到巨硕的背甲，直径往往超过五米。它们曾经属于上新世的庞大雕齿兽，跟它一比，今日的乌龟只是迷你模型。此外，地面布满了大量残石，类似被海浪磨圆的鹅卵石，上有侵蚀出来的连续条痕。于是我推断大海昔日占据过这个地方。今日那些星散的岩石已经在海浪不可及之处，但仍留有海水经过的明显痕迹。

这可以部分解释地表底下一百六十公里处有这座海的存在。但是根据我的看法，这片汪洋应该逐渐流失在地球内部，而它自然是来自透过某道裂缝钻进来的海水。然而我们必须认同这道裂缝已经堵上了，因为这一整个岩窟——或说得更确切一点——这座辽阔的水库在颇短的时间内就被注满了。也许这水甚至跟地底下的火厮拼过，一部分蒸发掉了。这解释了为何我们头顶上有高悬的云，以及在地球内部制造雷雨的放电现象。

这个解释了我们见证过的那些现象的理论，在我看来还算满意，因为大自然再如何神奇，总是可以用物理的原理来解释。

我们走在海水形成的沉积地层上，这个时期的地层广布在地表上。教授凝神察看岩石的每个裂缝。无论什么样的开口，他都觉得重要到需要探测其深度。

我们沿着李登布洛克海岸走了两公里路的时间，地面骤然变了模样，看似因为内部地层剧烈的抬升而变形震裂。多处的凹陷和隆起证实了岩体曾经出现猛烈的位移现象。

我们在这些混合了燧石、石英和冲积物的花岗岩裂口上，举步维艰，此时我们眼前出现一块田，严格说来不是田，而是枯骨原野。两千年来，各个世代的动物在这里混杂永恒的骨灰，使得此地形同一座辽阔的坟场。一些高高突起的残骸在远处层层叠着，高低起伏直达地平线尽头，然后隐没在渐敛的雾里。在那六公里见方的土地上，也许堆垛着整段动物史，在这些对地球而言尚且太年轻的地层上，留下片鳞半爪。

然而急不可耐的好奇心拖着我们往前。我们的脚踩踏在这些史前动物的残骨上，发出脆响，这些罕见的化石残骸能引起觊觎之心，许多大城市的博物馆绝对会竞相争夺。这些动物躺在这个壮观的骸骨堆里，就算有一千个居维叶，也不够重组这些有机生物的骨骼。

我当场惊呆了。叔叔已经朝充当我们天空的厚拱顶，举起他的长手臂。他的嘴巴张得老大，眼睛在镜片下炯炯发光，上下左右摆动他的头，整个姿态把一个无穷的惊讶表露无遗。他站在一个极其宝贵的收藏之前，隐兽、反刍兽、棱齿兽、无防兽、大地懒、乳齿象、原猴、翼手龙等，这些远古时代的怪兽全都堆在那儿满足他个人。试想一位满腔热情，有藏书癖的人，忽然被送到毁于奥玛，又奇迹般地从灰烬中重生的亚历山大图书馆[1]去！我的

---

1 建于公元前3世纪的埃及，亚历山大图书馆曾经是世界上最大的图书馆，后来遭受回禄之灾，图书馆及其馆藏全都烧得一丝不剩，没有留下任何实体证据，因此后世对于图书馆消亡的确实原因所知甚少，但是很多历史学家都相信阿拉伯人在7世纪入侵亚历山德拉城时，在奥玛（Omar）哈里发的命令下焚毁图书馆。

叔叔李登布洛克教授就是这么满腔热情。

但是，当他跑过扬起的火山灰，抓住一颗光秃秃的头骨时，就完全是另一种赞叹了。他以颤抖抖的声音喊道："艾克赛！艾克赛！一颗人头！"

"叔叔，人头？"我一样惊愕。

"是的，侄儿！啊！米尔恩·艾德华先生！啊！卡特尔法哲先生[1]！我多希望你们就站在我——奥图·李登布洛克身边啊！"

---

1 卡特尔法哲（Jean–Louis Armand Quatrefages de Breau，1810—1892）是法国自然学家。

第三十八章

想理解叔叔何以提及这两位杰出的法国学者，就不能不知道在我们出发之后不久，古生物学界里发生了一桩重大事件。

1863年3月28日，挖土工人在布歇·德佩尔特[1]的带领下，挖掘法国索姆省阿布维尔附近的慕兰纪侬采石场，在地底下四点五米处发现一个人类下颚。这是这个种类第一个出土问世的化石。在它的附近还找到石斧，还有加工上色过的燧石，上头统一罩着年深日久而出现的色泽。

这个发现不只在法国造成很大的轰动，还有英国和德国。许多法兰西学院的学者，尤其是米尔恩·艾德华和卡特尔法哲两人非常重视此事，证明这块人骨化石的真实性无可争议，并且成为这起英国人称为"下颚诉讼案件"最积极的辩护人。

认为此事属实的英国地质学家如法科纳[2]、巴斯克[3]、卡本特[4]等人，都和德国的学者为伍，而这群德国学者之中，首推我叔叔

---

1 布歇·德佩尔特（Jacques Boucher de Perthes，1788—1868）是法国史前历史学家。
2 法科纳（Hugh Falconer，1808—1865）是苏格兰地质学家、古生物学家。
3 巴斯克（George Busk，1807—1886）是英国外科医生、动物学家、古生物学家。
4 卡本特（Philip Pearsall Carpenter，1819—1877）是英国牧师及软体动物学家。

——最激切、最热情的李登布洛克。

因此第四纪人类化石的公证性似乎板上钉钉了。

不过这个理论也的确有一个穷追猛打的对手——艾利·德·波蒙[1]。这名顶尖的权威学者支持慕兰纪侬的地质不属于"洪积世[2]"，而是一个没那么古老的地层，他也同意居维叶，不承认人类会和第四纪的动物生活在同一个时代。跟大多数地质学家意见一致的李登布洛克站稳脚跟，争辩，讨论，后来波蒙先生几乎是他那一派硕果仅存的人物。

我们全都深知此事的原委，但是我们不知道的，是我们离开之后，这个问题有了新的进展。法国、瑞士、比利时的某些洞穴疏松的灰色土壤里，都发现到其他一模一样的下颚，尽管属于不同体形、不同国籍的人种。此外还有武器、器皿、工具、孩童、青少年、男性跟老人的骸骨。因此每一天都更加肯定第四纪就有人类存在。

事情还没完。一些在第三纪上新纪地层里新出土的残骸，让更为大胆的学者们得以确定人类历史实则更加古老。这些残骸的确不是人骨，只是工艺品，还有动物的胫骨、股骨化石，但是上面有规律的条痕，甚至可以说是雕刻出来的，带着人工痕迹。

因此人类的历史一下子就往前追溯了好几百年。人类诞生在乳齿象之前，成为"南方猿"的同辈。人类已经存在十万年了，这是上新世方面最知名的地质学家所定的年份。

这便是古生物学在当时的状态，而我们所知的，足以解释我们见到李登布洛克海百骨蔽野的情景时的态度。因此大家都能理解我叔叔的惊愕和喜悦，尤其是离我们二十步远的地方，他和第

---

1 艾利·德·波蒙（Leonce Elie de Beaumont，1798—1874）是法国地质学家。
2 洪积世为地质时代第四纪的早期。

四纪人类之一几乎可说是面对面。

这是一具历历可辨的人体。这里的土质跟波尔多圣米歇尔墓园[1]的一样，所以是这种特殊土质将尸骨保存了数世纪久吗？我不知道。但是这具木乃伊的皮肤紧绷干瘪，四肢依旧柔软（至少看起来如此），牙齿完好无缺，头发丰密，手脚的指甲都大得吓人，俨然就是他生前的模样。

面对这名另一个时代的人类，我哑然无语。平时喋喋不休，最爱慷慨陈词的叔叔，也有口无言。我们举起这具尸骨，把他竖立起来。他用空洞的眼眶看着我们。我们拍了拍他的胸腔，发出响亮的声音。

沉默了半晌之后，叔叔体内的教授又占了上风。奥图·李登布洛克本性难移，几乎完全忘了我们正在旅行、我们的所在、容纳我们的广大岩窟。他一定以为自己在约翰学院，正当着学生的面讲课，因为他换上一副正经八百的口气，对着一群想象出来的听众说话。

"各位先生，"他说，"我有这个荣幸为你们介绍这位第四纪的人类。有卓越的学者否认他的存在，其他毫不逊色的学者则予以肯定。那些古生物学中的圣多玛[2]如果在场，将会用手指触碰他，并且被迫承认他们的错误。我很明白科学应该提防这种发现，我不会不知道巴纳姆[3]和其他一丘之貉的江湖郎中，对人类化

---

1 1791年，圣米歇尔大教堂的旧墓园进行重整工程，施工时从地底下挖掘出几十具因为黏土而保存良好的木乃伊。这些木乃伊曾经被摆在地下墓穴里供人参观，后来重新下葬在波尔多的沙特勒斯墓园（Cimetiere de la Chartreuse）中。
2 圣多玛曾怀疑耶稣复活，非要触摸他的伤口才肯相信，后比喻凡事都要眼见为凭的人为圣多玛。
3 巴纳姆（Barnum，1810—1891）是美国马戏团经纪人，他的马戏团因为充满了奇怪展品而著名。

石做过的恶行。我听过保萨尼亚斯[1]说的埃阿斯的骸骨，宣称斯巴达人找到俄瑞斯忒斯[2]的骸骨，艾斯忒里昂[3]的尸骨有十腕尺长[4]那些故事。我也读过一些报告，是关于14世纪在特拉帕尼[5]发现，都认为是波吕斐摩斯[6]的骸骨，以及16世纪在巴勒摩[7]挖掘出来的巨人传说。各位先生，你们也都跟我一样，知道1577年在琉森附近为一副巨型骸骨做的分析，名医菲利斯·普拉特[8]宣称那属于一名六米高的巨人所有！我也生吞活剥了卡萨尼昂的论著，以及所有出版过的有关1613年，在多菲内的采沙场出土的高卢入侵者——廷布里国王条顿波叙[9]骸骨的论文集、手册、正反答辩！如果我生在18世纪，就会跟皮耶·康佩争论施瓦泽[10]的亚当之前人类就存在的说法！我手中还曾经有一本著作，名为《巨……》。"

叔叔的老毛病这时又犯了，他在大庭广众之下念不出复杂的词。

"名为《巨……》。"他继续说。

他没办法再说下去了。

"《巨……骨……》。"

不可能！这该死的词就是不肯出来！如果在约翰学院就会惹

1　保萨尼亚斯（Pausanias）是古希腊的地理学家、旅行家。

2　俄瑞斯忒斯（Orestes）是希腊神话中阿迦门农与克吕泰涅斯特拉之子。吕泰涅斯特拉与情夫一起谋害了阿迦门农，俄瑞斯忒斯弑母为父报仇。他是许多古希腊悲剧的主角。

3　艾斯忒里昂（Asterion）即希腊神话中牛头人身弥诺陶洛斯的别名。

4　是一种古老的长度单位，以手肘为测量标准，法国一般认为一腕尺相当于四十五厘米。

5　特拉帕尼（Trapani）是意大利一座城市。

6　波吕斐摩斯（Polyphemus）是海神波塞东的独眼巨人儿子。

7　巴勒摩（Palermo）是西西里岛的首府。

8　菲利斯·普拉特（Felix Platter, 1536—1614）是瑞士医生、植物学家。

9　条顿波叙（Teutobochus）是一名传说中的巨人，同时也是条顿人的国王。

10　施瓦泽（Johann Jakob Scheuchzer, 1672—1733）是瑞士医生、自然学家。

来一阵哄笑了！

"《巨骨学……》（Gigantosteologie）。"教授总算说完这个词，中间不忘骂骂咧咧。

接着又更加来劲地继续说下去。

"是的，各位先生，我全部知情！我也知道居维叶和布鲁门巴赫在长毛象这种通俗无奇的化石和其他第四纪动物化石的领域里是很出名的。但是在这里，一丁点儿疑虑都会是对科学的侮辱。人体就在这里，你们可以看他，摸他！这可不是一具骸骨，是一具完好无损的人体，只为了人类学而保存！"

叔叔说得太肯定了，但我很乐意不去反驳他。

"如果我可以把他浸在硫酸里，"叔叔还在说，"就能洗去泥土还有这些嵌进他身体的发亮贝壳，可惜我手边没有这珍贵的溶剂。然而，这个模样的他，这样的一具人体，将会对我们诉说他自己的故事。"

这时，教授拿起那具人类化石摆弄，如同一位珍奇秀的主持人那般熟练。

"你们看，"他继续说下去，"他不到两米高，根本不是所谓的巨人，还差得远呢。至于他属于什么人种，不用怀疑，就是高加索人种。跟我们一样的白种人！这具化石的头颅呈规则的卵状，没有高突的颧骨，没有前伸的下颚。他丝毫没有下颚突出症这个修改面角[1]的特征。让我们来计算他的面角角度，几乎是九十度。但是我还要再深入推理一点，我敢说这个人类属于分布在印

---

1 原书注：面角由两个冠状面形成，一面或多或少呈垂直，是额头到门牙间的切线，另一面呈水平，通过耳道口和前鼻脊之间。在人类学上称作"下颚前突症"（prognathisme），前伸的下颚修改了颜面角度。

度直到西欧的印欧人种。各位不要笑！"

没有人在笑，但是教授已经太习惯在他传道授业的时候，看见一张张喜动颜色的脸了！

"是的，"他又生气勃勃地重拾话头，"这是一具人类化石，和乳齿象活在同一个时代，乳齿象的枯骨遍布这个讲堂。但是告诉你们他是经由哪一条路抵达这里，这掩埋他的地层又是如何滑到地球内这座广阔无边的岩窟里来，却是我能力所不及的。毫无疑问，第四纪的地壳仍然动荡不安，地球持续冷却造成这些裂口、缝隙、断层，一部分的上方地层可能从中滚下来。我不表达意见，但是总算这个人在这里，身边包围着他的工艺品，这些构成了石器时代的斧头、琢磨过的燧石。而除非他跟我一样是来观光、充当科学的开路先锋，否则我无法质疑他源远流长的真实性。"

教授合上嘴，我代表全体观众掌声雷动。叔叔说得有道理，比他侄儿更渊博的人想驳倒他可不容易。

还有另外一条线索。这具人体化石并非占地辽阔的骸骨堆里的唯一。我们在这片骨灰尘土里踩的每一步都会遇上其他尸体，叔叔可以从这些化石里挑出保存最完整的一具，来说服不信邪的人。

各个世代的人类和动物混淆在这座墓园里，的确是个惊人的景象。但是一个重大的问题浮上心头，我们却不敢解答。这些生气勃勃的生物早已经化为尘土，然后因为地震才滑到李登布洛克海岸的吗？还是他们居住在此地，在这个地底世界中，在这片假的天空之下，像地球上的居民一样经历生死？直到目前为止，只有海中怪兽和鱼类生鲜活跳地出现在我们眼前！某个穴居人会不会还在别无人烟的沙滩上徘徊呢？

第三十九章

　　我们的脚又在这些满地的骸骨上面踩踏了半个小时。炽热的好奇心推拥着我们继续往前走。这座岩窟里还隐匿着什么样的美妙、给科学的什么宝贝呢？我的眼睛等着各种惊喜，我的想象力等着各样惊奇。

　　海岸老早就隐没骸骨丘后面。教授也不提防，毫不在乎迷路，拽着我走远。我们默默前进，沐浴在电波中。因为一个我无法解释的现象，也受惠于它的普照，光线均匀地照亮物品的各个表面。它的光源不再是空间上限定的一个点，因此没有制造任何阴影。若说身处盛夏正午，位于赤道地区直射的艳阳下也行得通。蒸汽都不见了。岩石、远方的群山、几块模糊的孤远森林，在光流的平均照射下，都罩上诡奇的模样。我们就像霍夫曼笔下那位失去影子的奇幻人物[1]。

　　走了两公里的路之后，我们来到一座辽阔森林的边缘，不过不是邻近歌洛白港的蕈类森林之一。

---

1 霍夫曼1815年的作品《圣诞夜奇遇记》（*Les Aventures de la nuit de Saint Sylvestre*）中的人物。

全是欣欣向荣的第三纪植物。今日已经灭绝、奇伟的似棕榈树参天而起，另有松树、紫杉、柏树、崖柏等松柏的代表，都让纠缠不清的藤蔓网牵连起来。苔藓和毛茛[1]像柔软的地毯覆盖着地面。树影下方有几条呜咽的溪流——这个说法不太正确，因为这些树根本没有投下影子。蕨叶在溪边槎牙交错，类似地球上的温室里那些。只是这些树、灌木、植物全都缺乏能促进生机的太阳热气，而且淆杂在脱了色的单一棕色调中。叶子不再翠绿，第三纪开了无数的花，却都无色无味，仿佛在大气压力之下，用褪色的纸扎成的。

叔叔在这片巨大的萌生林下方闯荡。我跟着他，一路提心吊胆。大自然既然供应了可食用的植物，我们为什么不会在这里遇到凶悍的哺乳动物呢？我在这些因年岁磨蚀而倒下的树留下的宽阔林中空地里，看见豆科植物、枫树、茜草，还有上千株各时代的反刍亚目最钟爱的可食用灌木。接着，地表上各个不同地区的树横牵竖连，橡树生长在棕榈树旁边，澳洲尤加利树依偎着挪威松树，北欧桦树和泽兰[2]的贝壳杉的枝丫缠绵纠结。地球上最足智多谋的植物学家也要精神错乱！

我忽然止步，抓住叔叔。

在光线遍照下，树林深处的细枝末节，我都能看得清清楚楚。我想我看见了……不会吧！真的，我亲眼看见庞大的形体在树下走动！的确，巨硕如山，一整群生鲜活跳的乳齿象，可不是化石啊！就类似1810年于俄亥俄州的沼泽发现的那些！我看着这群巨象的鼻子在树下蠕动，活像成群结队的蛇。我听见它们的长

---

1 毛茛，植物名。多年生草本。全草被白色粗毛，多生于湿地、畦畔、路旁。
2 位于荷兰。

238

牙钻入老树干的声音。树枝吱嘎作响，大把大把的叶子被扯下来，坠入这些怪兽的大嘴里。

我在梦里见过的这一群第三纪和第四纪的史前生物，终于成真了！我们在地心里孤立无助，要杀要剐全凭这些凶猛居民的意思！

叔叔盯着看。

"来，"他突然说，抓住我的手臂，"往前走，往前走！"

"不要！"我惊喊，"不要！我们没有武器！在这群硕大无朋的四脚动物中间，我们能怎么办？过来，叔叔，过来啊！没有人能冲撞这些怪兽的怒火还毫发无伤的。"

"没有人吗？"叔叔提高了嗓门，"你错了，艾克赛！看，看那边！我好像看见一只生物！一只跟我们很像的生物！是人哎！"

我望过去，耸起肩膀，决定怀疑到底。可是，我尽管不相信，事实就摆在眼前。

的确，在不到半公里处，倚在一棵庞大贝壳杉树干上的确实是一名人类。这位地底世界的普罗透斯[1]，海神的新后代，正在看守这一群多不胜数的乳齿象！

"看守巨硕动物者体形更巨硕！[2]"

是的！巨硕无比的牧羊人！这已经不是我们方才在骸骨堆里起出来的人体化石了，而是能够指挥这些怪兽的巨人！他的身高近四米，那大如水牛头的头颅隐没在未经整理，戟指刺张的头发里面。

---

1 普罗透斯（Proteus）是希腊神话中早期的海神。
2 原文为"Immanis pecoris custos, immanior ipse"，出自雨果小说《钟楼怪人》第四册第三章。但也有可能作者是从弗吉尔的《农事诗》中"formosi pecoris custos, formosior ipse"一句改写而来。

说是狮鬃也不为过，类似原始象的毛发。他手中挥舞着一根粗巨的树枝，也只有这位远古时期的牧羊人才拿得起这种牧羊杖。

我们目瞪口呆，动弹不得。但是他可能会看见我们，不逃命不行啊！

"过来，过来。"我喊着，一边拖着叔叔，这是他第一次任人摆布！

十五分钟后，我们就到了那位恶模恶样的敌人的视线范围之外。

与那个超自然奇遇时隔数月的今天，脑子镇定了下来，我平静地回想这件事，该怎么想，该相信什么呢？不！不可能！我们的感官受到愚弄了，是我们看走了眼！没有人能活在这个地底世界！没有哪个世代的人类居住在这些地底洞窟里面，还漠不关心地表上的居民，与他们不相往来！太疯狂了，简直疯狂至极！

我还宁愿承认那是某种构造接近人类的动物，譬如某种远古的猿猴，某种原猿（Protopithecus），某种中猴（Mesopithecus），类似拉尔泰[1]在桑桑的第三纪地层中发现的那种！只是这一只的尺寸远超过古生物学所测量过的所有尺寸！无所谓，这是一只猿猴。对，即便很不可能，还是猿猴！但是要说那是活生生的人类，和他一整个世代都藏在地心中，更是天方夜谭！

然而我们离开明亮多光的树林时，还是惊讶得说不出话，震愕得几近痴呆。我们二话不说就是跑，完全是落荒而逃的格局，就像我们在某些噩梦里承受的那种骇然冲动。我们本能地回李登

---

1 拉尔泰（Edouard Lartet，1801—1871）是法国史前历史学家、古生物学家，他在1833年位于热尔省（Gers）的桑桑（Sansan），发现超过九十种哺乳类及爬虫类的化石。1836年，他又在同一个地方发现第一种大型猿猴上猿（Pliopithecus）的下颚化石。

布洛克海边去，我不知道我的脑袋陷入什么胡思瞎想里去，竟然无法做出实际的观察。

虽然我很确定我们的脚踩在一块全然没踏过的地上，我却常常注意到一座座峭壁，形状让我想起歌洛白港那些。有时候真会让人搞错。数百条小溪和瀑布从凸出的岩石中倾泻而下，我以为又看见了褐煤层、我们那条忠心耿耿的汉斯溪，还有我之前苏醒过来的那座洞穴。接着，几步远之处，扶壁的分布，一条小溪的出现，某块悬岩惊人的侧面轮廓，又让我如坠五里雾中。

我告知叔叔我的不确定。他也一样迟疑。他在这如出一辙的景色当中，不辨东西。

"当然，"我告诉他，"我们不是在出发点上岸，暴风雨把我们吹到下方一点的地方，沿着这海岸走，我们将会抵达歌洛白港。"

"既然如此，"叔叔答道，"继续探险就没有用了，最好回木筏那儿去。可是你没搞错吗，艾克赛？"

"很难说，因为这些悬岩都很雷同。可是我好像认得这个岬角，汉斯就是在这个岬角下面修船的。如果这里不是那座小港，我们离它应该也不远了。"我补充，同时审视一座自以为认得的小湾。

"不，艾克赛，我们应该至少找得到自己的脚印，可是我什么都没看到——"

"不过我看到了。"我大喊一声，冲向一个在沙子上闪闪发亮的物品。

"你看到什么？"

"这个。"我回答。

我把刚才捡到的匕首拿给叔叔看。

"咦？"他说，"你身上一直带着武器？"

"我？我没有！不是您——"

"不是，就我所知，"教授答道。"我从来没有这把匕首。"

"那就奇怪了。"

"不奇怪，很简单，艾克赛。冰岛人常常带着这种武器，这把匕首是汉斯的，汉斯把它掉在这里……"

我摇摇头。汉斯从未有过这把匕首。

"会不会是某个远古时期战士的武器啊？"我大叫，"一个活人，那个牧羊巨人的同伴？不会的！这不是石器时代的工具，甚至不是青铜器时代的，刀刃是钢做的！"

我又开始胡思乱想了，叔叔硬生生制止了我继续瞎想，冷言冷语地对我说："冷静一点，艾克赛，回到你的理智上。这把匕首是16世纪的武器，一把真正的短剑，绅士佩在腰带上给敌人致命一击的那种。它的来源是西班牙。它既不是你的，不是我的，不是汉斯的，甚至也不属于那些或许住在地心里的人！"

"您不会是指……"

"你看，它的缺口并不是插入人的喉咙造成的，它的刀口上面覆盖着一层锈，这层锈不是一天、一年或是一个世纪造成的！"

教授又浑身来劲了，他的想象力就一如往常，开始驰骋。

"艾克赛，"他继续说下去，"我们正在世纪大发现的路上！这把匕首被丢弃在沙滩上已经有一百、两百、三百年了，而且是这地底海洋上的岩石造成匕首上的缺口！"

"可是它不会自己跑来呀！"我喊道，"也不是它把自己造出来的！所以有人比我们早来了一步！"

"对，一个人。"

"这个人是？"

"这个人用这把匕首刻了自己的名字！这个人想再一次亲手标示前往地心的路！快来找一找，找一找！"

我们被勾得兴起，沿着高耸的山壁，察看一丁点儿能供我们通过的缝隙。

于是我们来到一处海岸收窄的地方。差点就浸泡在海水里的扶壁脚边，留有一条至多两米宽的通道。我们在两块岩石延伸出去的部分之间，看见一条幽黑地道的入口。

那里的一块花岗岩上刻着两个磨蚀不清的神秘字母，是那位胆大无畏且异想天开的旅人姓名的缩写：

"A.S.！"叔叔惊喊，"亚恩·萨克努森！又是亚恩·萨克努森！"

第四十章

　　打从这趟旅行开始，我就见识过许多惊奇骇异的事。我应该以为自己已经见怪不怪了。然而看见这两个字母刻在那里三百年，我还是看得两眼发直，几乎呆若木鸡。不只因为这位炼金师学者的签名在岩石上历历可辨，更甚者，刻下它的这把短剑还在我的手中！除非是故意找碴，否则我再也不能怀疑亚恩·萨克努森的存在及其游历的真实性。

　　这些想法在我脑里兜转期间，教授正尽情地、过头地赞扬亚恩·萨克努森。

　　"真是天纵英才！"他喊道，"能帮助你的同道打开地壳上的通道的指示，你一个都没漏掉，让他们能找到你的双脚在三百年前留在这些幽暗地道尽头的痕迹！你为其他人的眼睛保留了当前美景。你一步接一步刻下的名字，带领胆子够大，敢追随你的旅人直达目的地，甚至在我们星球的中心还有你亲手刻下的名字。那么我也是，我也要在这花岗岩的最后一页上签下我的名字！从此刻起，这座被你发现的海附近的海岬，就永远叫作萨克努森岬了！"

　　这就是我听见的大概内容，我感觉这番话中的豪情壮志蔓延到我身上来。我的胸腔里重新燃起了一把火！我全然忘记旅途上的凶险和回程的危难！别人完成的事，我也想要跟进，我觉得天底下没有人办不到的事！

"往前走，往前走！"我喝道。

我已经冲向那条幽暗的通道，这时教授拦住我，这个心浮气躁的男人，竟然建议我沉住气，不要冲动。

"先回头找汉斯吧，"他说，"把木筏带到这个地方。"

我勉为其难听从他的命令，马上就在岸上的岩石间滑步。

"您知道吗，叔叔？"我边走边说，"直到现在，我们真是特别受老天眷顾！"

"哦？你这么觉得吗，艾克赛？"

"没错，就连暴风雨都把我们放到正确的道路上。多亏这场暴风雨把我们带回这个海岸，如果当时天气好的话，我们反而会被带离这里！要是我们的船首接触李登布洛克海南岸的话，我们会变成什么样子呢？我们就不会看见萨克努森的名字，这会儿就会被遗弃在没有出口的海滩上了。"

"是的，艾克赛，我们往南方航行，却被带回北边和萨克努森岬来，的确是冥冥之中的安排。我得说这已经超乎惊讶了，我完全不知道该如何解释。"

"唉！有什么关系？这种事就不用解释了，要利用才对！"

"没错，孩子，只是……"

"只是我们要继续往北方走，经过欧洲北部下方，管他是瑞典、俄罗斯、西伯利亚还是哪里呢？只要不是在非洲沙漠或海洋底下就好，除此之外，可不用知道更多了！"

"对，艾克赛，你说得没错，这样还好一些，因为我们不走海路了，这样子水平下去，哪儿也去不了。你知道吗？要抵达地心，还有六千公里以上的距离要穿越！"

"哎哟！"我高喊，"说这个也没用！上路！上路！"

我们跟汉斯会合的时候，这场疯狂的演说还持续了一段时间。一切就绪，可以立即出发。没有一件行李不在船上的。我们在木筏上就座，帆升起，汉斯循着海岸线驶向萨克努森岬。

对于我们这种无法调整船帆的木筏，风势对我们不太有利。因此有很多地方，我们必须借助包铁棍子往前划。悬岩往往向前伸进水花里，逼得我们不得不绕个大弯。最后，经过三小时的航行，我们到达一个适合上岸的地方。

我跳上陆地，后面跟着叔叔和汉斯。这趟航行并没有帮我静下心来。反而我为了断后路，甚至提议烧掉我们的"舰队"，但叔叔反对。我觉得他一反常态，不是很热衷。

"那至少开始走吧，"我说，"别浪费时间了。"

"好，孩子。不过走之前，先勘查一下这条新通道吧，这样才知道需不需要准备梯子。"

叔叔打开他的伦可夫照明仪器。绑在岸上的木筏被独自留下。通道的开口离木筏甚至连二十步都不到，我们这一小组人由我领头，事不宜迟地往前走。

开口几呈圆形，直径约莫一米半。这条黑茫茫的地道是从地底露出来的岩石里开凿出来的，四周都是火山喷发物。它过去是火山喷发物经过之处。开口下方擦过地面，所以我们毫不费力就通过了。

我们沿着几乎呈水平的路面走了六步以后，迎面一颗巨石中断了我们的去路。

"该死的石头！"眼见自己突然被一个跨越不了的障碍物挡

了下来，我不禁怒吼。

尽管我们找遍了上下左右，都没有通道或岔路。我大为失望，不愿接受这个事实。我弯下腰，察看岩石底下。没有裂口。看看岩石上面。一样的花岗岩壁。汉斯拿灯光照遍整面石壁，但是上面同样前进无门。我们只能死心了。

我瘫坐在地上，叔叔在走道内踱起方步。

"那萨克努森怎么办到的呢？"我喊道。

"对，"叔叔说，"他也让这道石门挡下来了吗？"

"不对！不对！"我激动地说，"这块石头是因为某次地震，或是某个磁场现象动荡了地壳，才突然关闭了这条通道。在萨克努森回去之后以及这块石头掉下来之间，过了许多年。这条通道曾经是岩浆的过道，火山喷发物曾经自在流动，这不是很明显吗？看，有一些新近形成的裂缝，火山喷发物在这个花岗岩天花板留下条痕。这是携带物质、巨石造成的，仿佛出自某只巨手，但是有一天，推力又更强了，而这块石头就像少了的那块拱心石，一直滑到地面，堵住了去路。这是萨克努森没有碰上的意外阻碍。如果我们不推倒它，我们就不配到地心去！"

听听看我是怎么讲话的！教授的灵魂全都传到我身上来了。探索之神附着在我的身上。我忘掉过去，无视未来。对深入地底下的我而言，地表上的城市、乡间、汉堡、国王街、我可怜的歌洛白，统统不存在了。歌洛白一定以为我从此成了地下游魂。

"那好！"叔叔接下去说，"我们拿十字镐、鹤嘴锄来挖吧。开拓我们的路，推倒这些厚壁！"

"太硬了，十字镐挖不来。"

"那就用鹤嘴锄！"

“太花时间了！”

“可是……”

“对了！可以用火药爆破啊！我们来炸吧，把这障碍炸个粉碎！”

“火药！”

“对！只要炸掉一部分就行了！”

“汉斯，要干活了！”叔叔喊道。

冰岛人回到木筏边，立刻带着一把十字镐回来。他要用十字镐掘出一个炮眼。要挖出一个大洞来容纳五十斤[1]的硝化纤维[2]，可是不容小觑的工作，因为它的膨胀力可是比炮弹的火药要高出四倍的。

我的精神亢奋到了极点。在汉斯掘洞的时候，我积极地帮叔叔准备一根用湿火药做成、包在一条帆布管子里的引火线。

“我们会过去的！”我说。

“我们会过去的。”叔叔跟着我讲一遍。

到了午夜，我们的矿工工作完全结束。硝化纤维被装填入炮眼，展开的引火线穿越通道，一路来到外面。

现在只要星星之火就足以让这个硝化纤维像发动机一样动起来。

“明天再来引爆吧。”教授说。

我不得不听话，只能再等整整六个小时了！

---

1 法国旧质量单位，1斤相当于500克。
2 硝化纤维（Nitrocellulose），学名纤维素硝酸酯，也称硝化棉或火棉，通常由棉绒纤维和木浆等纤维材料浸入浓硝酸浓硫酸混合液中制得，多数用于制作发射药。与硝化甘油相比，更稳定、安全、便于运输。

第四十一章

次日，8月27日星期四，是这趟地底之旅的一个大日子。每每思及这件可怕的事，我的心依然会悸动。从事情发生的那一刻起，我们的理性、我们的判断力跟机智，就不再有发言权，而且我们就要沦为地球内自然现象的玩物了。

我们六点就起来了。用火药为我们在花岗岩中炸开一条路的时刻接近了。

我央求有荣幸为炸药点火。我必须在完成后，和同伴在没有卸货的木筏上会合，为免爆炸之虞，我们要紧接着出海，因为爆炸的威力可不会只集中在岩体内部。

根据我们的计算，引火线在把火引到火药室之前，必须燃烧十分钟，够我回到木筏上了。

我心跳耳热，为完成我的角色做准备。

在匆忙吃完早餐之后，叔叔和汉斯上船，我则留在岸上。我提着一盏点燃的灯笼，要用它来点燃火线。

"去吧，孩子，"叔叔对我说，"然后马上回来和我们会合。"

"别担心，叔叔，我不会在半路上耽搁的。"

我立即往通道的开口走去。我打开灯笼，抓住火线的尾端。

教授手里拿着计时器。

"你准备好了吗？"

"好了。"

"那点火吧，孩子！"

我立刻把火线浸入火焰之中。火线一碰到火立即噼里啪啦地响起来，我跑回岸边。

"上船，孩子，我们赶快离岸。"

汉斯奋力一推，就把我们投向海中。木筏漂开约四十米。

那是令人心脏狂跳的时刻。教授的目光紧追着计时器的指针不放。

"还有五分钟，"他说，"还有四分钟！三分钟！"

我的脉搏每半秒钟就跳一下。

"还有两分钟！一分钟！倒下吧，花岗岩山！"

接着发生了什么事？我想我没听见巨响，但是悬岩的形状突然在我眼里变了模样，它像窗帘一剖为二。我看见海岸下陷，凹出一个深不可测的巨壑来。大海突然一阵昏乱，化成一面巨浪，而在这面海浪的背后，木筏被直直抛起。

我们三个人都仰天翻倒。不到一秒钟，最浓重的黑暗就取代了光明。接着，我感到失去坚固的支撑点，我指的不是我的脚，是木筏。我以为它直沉海底了，但是不然。我想对叔叔讲话，可是水声隆隆滚滚，他听不见我的声音。

尽管周遭漆黑一团，尽管大海发出摇天撼地的巨响声，尽管我们惊骇欲绝，我还是明白刚才发生什么事了。

刚刚被炸开的岩石后方有个深渊。爆炸在这个缝隙处的地面里，引发地震，震开了深谷，而大海化身成急流，带着我们涌入。

我已经晕头转向，不辨东西了。

一小时、两小时，鬼才知道！时间就这样溜走了。我们挽着臂，牵着手，免得摔离木筏。木筏撞上厚壁的时候，就会出现剧烈的冲击。可是这种碰撞难得发生，因此我推断这条通道加倍扩大了。不必怀疑，这里就是萨克努森之路，但是我们不是自己走下来，而是不小心把整座海洋也一同带下来了。

各位可以了解，这些念头在我的脑袋里只是模糊不清的掠影。我在令人晕眩、类似坠落的移动中，百般困难才将这些想法联结起来。从抽打我脸庞的空气判断，我们移动的速度应该大幅超越跑得最快的火车。在这种条件下要点燃火把是不可能的事，而我们仅剩的照明仪器在爆炸的时候就碎掉了。

因此，看见一道光倏地在我身边闪耀，我大吃一惊。汉斯镇静的脸庞亮了起来。灵巧的猎人总算点亮了灯笼，尽管火苗跳动到快熄灭，但仍往这可怕的黑暗之中洒了几点光明。

我的判断没错，通道相当宽敞。我们的光线不足，无法同时看见两壁。载着我们的水下泻的速度，连美洲流速最难以超越的奔流都比不上。水面看似以拔山盖世的力道射出去的一簇水箭。我无法用更精确的比喻来表达我的观感。木筏被伴流缠住，偶尔回旋疾行。木筏靠近通道里的岩壁时，我就将灯笼的光线照射在上面，以便从凸出的岩石变成持续不断的线条，来判断速度：我们被罩在移动的线条里！我估计我们的速度应该达到时速一百二十公里。

叔叔和我目光惊慌无比地看着，倚靠在半截桅杆上，桅杆早在灾难发生的时候便硬生生折断了。我们背对着气流，以免因为高速移动而断了呼吸。没有人为的力量能遏制这么快的速度。

然而一个又一个小时过去了，情况依旧，只是发生了一件雪上加霜的事。

我企图整理一下木筏上的行李时，看见绝大部分物品都在爆炸后，迅猛的大海席卷我们的时候不见了。我想确定我们究竟还剩下多少资源，便手持灯笼开始东摸西找。我们的科学仪器只剩下罗盘和计时器，梯子和绳索缩减到一段盘绕着半截桅杆的缆绳。没有鹤嘴锄，没有十字镐，没有榔头，而最无可补救的不幸，是我们连一天的粮食都没有了！

我翻遍木筏的缝隙，横木形成的角落及木板间的接缝，什么都没有！我们的储备粮食只剩一块肉干和几块饼干。

我大惊失色，愣瞪着！我不想明白！但是话说回来，瞧我担心的是什么危险？就算粮食足够吃上好几个月、好几年，我们要如何摆脱把我们拖进深渊、势不可挡的洪流呢？在这九死一生的关头，怕饿肚子难受有什么用？我们还有时间饿死吗？

然而因为想象出了一件解释不来的怪事，明明危在旦夕，我却忘记眼前急难当头。何况，我们说不定可以逃过狂暴激流，回到地表呢。怎么做？我不晓得。去哪里？无所谓！在饿死无疑的时候，千分之一的机会好歹是个机会。

我想要对叔叔和盘托出，向他点明我们已经落到粮尽援绝的下场，并精确算出我们还剩多少时间可活。但是我硬下心肠保持缄默。我不想引起他的恐慌。

此刻，灯笼里的光逐渐减弱，然后完全熄灭。灯芯已经烧尽了。天地又处于绝对的黑暗。再也休想驱散这穿不透的漆黑了。

还剩下一支火把，但是它也撑不了太久。于是我就像个儿童，闭上眼睛不去看这片浓黑。

过了大半天的时间后，我们的移动速度加倍，这是我根据吹过我脸上的气流注意到的。流势愈趋陡斜。我真的认为我们不再滑动，根本是掉下去了！我体内的感觉告诉我，我们几乎是垂直坠落。叔叔和汉斯抓住我的手臂，牢牢地抓稳我。

忽然间，过了一段无法估计的时间，我感觉受到撞击。木筏并未撞上坚硬物体，却突然中止坠落。粗巨如龙卷风的水柱倒灌在木筏表面。我呼吸不过来。我要淹死了……

然而这突如其来的水难并未持续下去。不过几秒钟，我就身处在畅通的空气中，我大吸特吸，让空气饱胀胸腔。叔叔和汉斯紧紧抓住我的手臂，就快掐断它了，而木筏还好好地载着我们三个人。

第四十二章

　　我猜那时应该是晚上十点。在最后那次撞击之后，我第一个恢复功能的五感是听觉。我几乎是立刻听见，因为这就是听觉的功用，我听见隧道里，继长时间盈满我耳内轰鸣而来的是寂绝。最后，叔叔的这番话如呢喃一般传进我耳中："我们在上升！"

　　"什么意思？"我惊喊。

　　"对，我们在上升！我们在上升！"

　　我伸长手臂，触摸厚壁，手立即磨出血来。我们急遽上升的速度飞快。

　　"火把！火把！"教授喊道。

　　汉斯费了一番工夫才终于把它点燃，虽然上升移动，火苗仍维持自下往上，足够照亮整个场景。

　　"果然如我所料，"叔叔说，"我们在一口半径不到八米的井里面。井底的水正要恢复水位，我们就跟着它升上来了。"

　　"升到哪里？"

　　"我不知道，但是我们必须做好面对各种状况的准备。我估计我们每秒以近四米的高速上升，每分钟就是两百四十米，每小时则至少十四点四公里。照这样下去，我们可走了好长一段路呢。"

"对，如果没有遇到阻碍的话，如果这井有个出口的话！可是如果它被堵死了，如果水压逐渐压缩空气，那我们就会被压扁啦！"

"艾克赛，"教授泰然自若地答道，"我们的状况岌岌可危，但是还有一些活命的机会，我留意的正是这些机会。如果我们随时都会死，那我们也随时能获救。所以让自己善用每一刻吧！"

"怎么做？"

"吃东西补充体力。"

听到这句话，我眼神慌乱地看着叔叔。我不愿坦承的事情，最后还是得说出来。

"吃东西？"我复述。

"对，不要耽搁。"

教授用丹麦语补充了几句话。汉斯摇摇头。

"什么？"叔叔惊喊，"我们的食物全丢了？"

"对，剩下的食物就是这些了，我们三个人分一块肉干！"

叔叔看着我，不想听懂我的话。

"现在您还相信我们能获救吗？"

我的问题没有获得任何回答。

一个小时过去了。我开始感到饥火中烧。我的同伴也在受苦，但是我们当中没有一个人敢去碰这所余无多的食物。

然而我们仍旧飞速上升。有时候，气流切断我们的呼吸，就像飞行员上升得太快的时候。但是若这些人随着他们上升到大气层，愈来愈觉得冷的话，我们的感受却截然相反。气温飙升的速度快得令人担忧，而且肯定达到四十摄氏度。

　　这样的改变意味着什么？截至目前，每件事都证明达维和李登布洛克的理论是对的；截至目前，耐高温的岩石、电、地磁这些特殊的状况，都改变了自然界的一般定律，给我们宜人的气温，可是在我眼里，地热说仍是唯一的真理，唯一解释得通的。所以我们就要回到这些现象严格遵守的一般定律，热气会让岩石变成熔融状态的地方吗？我会怕，我告诉教授："就算我们淹不死摔不死，就算我们饿不死，我们还是有活生生被烧死的可能。"

　　他只是耸肩，然后又落回他的思索中。

　　一个小时过去了，除了温度略微升高了以外，我们的情况不变。最后叔叔打破寂静。

　　"来吧，"他说，"我们必须做个决定。"

　　"决定？"我复述。

　　"对，我们得恢复体力。如果我们省着吃这些剩下的食物，试图延长几个小时的寿命，那我们直到最后一刻都会很虚弱。"

　　"反正这个'最后一刻'也不必等太久。"

　　"要是有一瞬生机出现了，一个必须行动的时刻，我们要去哪里找行动的力气，如果我们饿到虚脱无力？"

　　"那吃掉这块肉以后，我们还剩下什么呢，叔叔？"

　　"什么都不剩，艾克赛，什么都不剩。但是光用眼睛看，你就比较饱了吗？只有灰心丧志、精疲力尽的人才会像你那样想！"

　　"您难道不绝望吗？"我忿忿喊道。

　　"不绝望！"教授坚定地响应。

"什么？您还相信我们有活命的机会？"

"对！那当然！一个人只要心脏还在跳，皮肤还会颤动，我就不相信一个意志坚定的人会向绝望屈服。"

好大的口气！在这种情况下，这个男人还说得出这种话来，果真天生异禀。

"那您打算怎么做？"我问。

"吃掉剩余的食物，直到最后一块碎屑，修补我们流失的体力。这会是我们的最后一餐，罢了！但是我们至少会变回人样，而不是心力衰竭。"

"吃就吃吧！"我叫道。

叔叔拿起那块肉干以及几块大难不死的饼干，平分成三份，分发出去。大约每人一斤的食物。教授激愤填膺似的狼吞虎噬。我尽管肚子饿，却兴趣索然，几乎是嫌恶着吃。汉斯平静无声，小口小口咀嚼，闲定如故地品尝，仿佛未来的事都没什么好担心的。他四处仔细搜索，找到半壶的杜松子酒。他把水壶交给我们，这液体发挥良效，让我精神稍微抖擞了一点儿。

"佛尔泰菲德[1]！"轮到汉斯喝，他说。

"好喝！"叔叔回道。

我又重拾了一点希望。可是我们的最后一餐刚刚吃完了。现在是早上五点。

人就是这样，健康只会带来负面效果：一旦进食的需要被满足了，就很难想象饿肚子有多恐怖。一定要经历才能体会。因此，摆脱长时间的空腹，几口饼干和肉干击退了我们之前的痛苦。

---

1 Fortrafflig，意指"优秀、好的"。

吃完这餐，我们各自回到自己的心事里。汉斯来自极西之地，却有东方人听天由命的宿命观，现在在想什么呢？至于我，一直回顾往事，回到我万万不该离开的地表。国王街的家、我可怜的歌洛白、善良的玛特，如幻象经过我眼前，我在奔越地底下的悲怆隆隆声中，似乎听见地表上的城市喧嚣。

　　至于叔叔，"一直在忙他的"，手持火把，专心检视地层。他企图透过观察这些层层叠叠来辨认他的处境。他的计算，或者应该说估计，只能是个大概，但是学者能保持冷静的时候，学者永远是学者，而李登布洛克教授具备这项优点，甚至技高一筹。

　　我听见他喃喃叨念一些地质学的专门术语，我字字了然，不由自主被这最后的地质研究挑起了兴趣。

　　"火成花岗岩，"他说，"我们还在原始时代，可是我们在上升！我们在上升！谁知道呢？"

　　谁知道？他还在奢望。他探出手摸索垂直的岩壁，不多久之后，他又这样说："这些是片麻岩！这些是云母片岩！好！很快就是过渡期的地质了，然后……"

　　教授到底要说什么？他能够测量我们头顶上的地壳厚度吗？他有什么计算的方法吗？没有。他少了最无可取代的压力啊！

　　然而气温节节飙高，我感觉自己浸泡在炽烫的大气中。我只能拿铸铁厂浇铸时火炉排出来的热气来做比较。渐渐地，汉斯、叔叔和我必须脱去外套、羊毛衫，多穿半点衣物都会很难受，甚至是折磨了。

　　"所以我们要升到炽烈的热源去吗？"我在热气加剧的时候喊道。

　　"不会，"叔叔答道，"不可能！不可能！"

"可是，"我说，一边摸索岩壁，"这石壁好烫啊！"

就在我说这句话的当儿，我的手轻触到水，我不得不赶紧缩回来。

"水好烫！"我惊喊。

教授这次只用一个愤怒的动作回答。

势不可挡的惊骇盘踞我的大脑，再也不肯离去。我有种大难临头的感觉，而且这个灾难严重到连最大胆的想象力都不敢妄想。我脑中浮起一个念头，起先模模糊糊，然后变成确信。我推开它，但是它又执意回来。我不敢说出口。可是几个不由自主的观察更加深了我的信念。靠着火把朦胧的光线，我注意到花岗岩层里有一些不规则的动静。显然就要发生一个现象了，而电在这个现象里扮演了一个角色。然后是过热的气温、滚烫的水！……我察看罗盘。

它竟然正胡乱转动！

第四十三章

　　是的，乱转！指针忽然一阵晃动，从一个极跳到另一个极，走遍盘面上的每个点，滴溜溜转着，仿佛晕头转向了。

　　我很清楚，根据公认的理论，地壳从未处在一个绝对的休憩状态里。内在物质分解、大量液体流动的动荡不安、地磁作用所带来的改变，让地壳摇动不断，而散布在地表上的生物甚至察觉不到它的躁动。这个现象并不怎么令我害怕，或至少无法使我生出恐怖的念头。

　　但是其他事实，像是某些"自成一类"的细节，无法蒙骗我太久。巨响加倍震天，令人发毛。我只能拿在铺石路上狂驰的无数马车所发出的声音来比较。是持续不断的暴雷。

　　然后是方阵大乱的罗盘，因为电的现象摇晃不已，更证实我的见解。地壳很可能断裂，花岗岩体可能会接合，裂缝可能会补足，空洞会填满，而我们这群可怜的原子，就要被狠狠压扁了。

　　"叔叔，叔叔！"我吼道，"我们完了！"

　　"你又在怕什么了？"他回应我，冷静得惊人，"怎么啦？"

"我怎么了？看看这躁动的厚壁，断裂的岩体，炎酷的热气，滚烫的水，愈来愈厚的蒸汽，发了疯的罗盘，全是地震的征兆啊！"

叔叔慢条斯理地摇头。

"地震？"他说。

"对！"

"孩子，我想你搞错了。"

"什么？您认不出这些征兆吗？"

"地震的征兆吗？不！我等的是比地震更好的事！"

"什么意思？"

"火山喷发啊，艾克赛。"

"火山喷发！"我说，"我们现在在活火山的火山管里！"

"我想是，"教授笑着说，"而且再好不过了！"

再好不过！叔叔他疯了吗？他这句话是什么意思？为什么这么冷静，还笑得出来呢？

"怎么会？"我喊道，"我们被卷进火山爆发里！命运之神把我们丢到这条路上，有炽热的岩浆、着火的岩石、滚烫的水，还有火山喷发物！我们会和岩石、如雨的火山尘及渣滓一起在火焰旋风中，被推挤、喷发、投射到天空中，您竟然说再好不过！"

我快速掠过在我脑中交错而过的上千个念头不提。叔叔说得没错，绝对没错，我觉得他从来不曾比此刻更大胆，更信心十足，现在他冷静地等着，推算着爆发的机会。

可是我们还在上升，夜晚就在这个上升运动中度过。周遭的爆裂声越来越大，我几乎要窒息，我以为我的大限将至，可是想象力就是这么奇怪，我竟满脑子都在找一个答案，真的很孩子气。但是我承受这些念头，而不去驾驭它们！

我们很显然是被喷发的推力投射上来的。木筏底下有滚烫的水，而水的下方是一大团黏稠的岩浆，加上岩石，到了火山口，就会往四面八方分散。所以我们位于一座火山的火山管内，这是毋庸置疑的。

但是这一次，我们不在斯奈佛斯这座死火山中，而是一座正活跃的火山。所以我纳闷会是哪座山，还有我们会被喷到世界的哪个地区去。

毫无疑问会是在北方地区。罗盘在乱转以前，从来没变动过方向。从萨克努森岬开始，我们就直接朝北方被拖行了好几百公里。我们会不会回到冰岛下方？我们会从海克拉的火山口被喷出去，还是从岛上其他七座火山的火山口呢？在西方半径两千公里的纬度下，我只想到美洲西北方一些无名火山。东边只有在纬度八十度的扬马延岛[1]上有一座艾斯克火山，离史匹兹卑尔根岛[2]不远。当然，最不缺的就是火山口，而且都颇为宽敞，要吐出一整批军队都没问题！可是哪一个会是我们的出口，这正是我企图猜出来的。

接近早上的时候，上升运动加速。如果在接近地表的时候，热气不减反增，那是因为它局限在我们这里，起因是火山运动的影响。我已经搞清楚我们这种移动方式了：一股巨大的力量，一股数百个大气压力的力量，来自积蓄在地球内部的蒸汽，势不可挡地推

---

1 扬马延岛（Jan Mayen）是位于北极海上的挪威火山岛。
2 史匹兹卑尔根岛（Spitzberg）是挪威斯瓦尔巴群岛（Svalbard）中最大的一座，靠近北极。

拥着我们。但是瞧瞧这股力量把我们置于什么样的险境之下！

很快，一些褐黄色的反光照进逐渐开阔的垂直通道，我在左右方看见许多条幽深的洞道，看似宽广的地道逸散出团团白氲，火舌舔舐着岩壁，噼啪作响。

"看哪！看哪！叔叔！"我喊道。

"嗯！这是硫黄火。这是火山喷发里最自然的现象。"

"万一它包围我们呢？"

"它不会包围我们的。"

"万一我们被闷死呢？"

"我们不会闷死的。通道在变宽，而且如果有必要，我们就放弃木筏，躲进某个裂缝里。"

"那水呢？水还在涨！"

"不会有水了，艾克赛，是黏稠的岩浆把我们举起来，一起涌到火山口。"

水柱还真的消失了，换上颇为浓稠但滚烫的喷发物。气温变得酷热难耐，温度计暴露在大气里，上面的标示超过七十摄氏度！我汗如泉涌。如果我们不是上升得这般快速，铁定窒息而死了。

然而，教授他那个放弃木筏的提议没有下文，他这么做是对的。在四处都缺乏支撑点的状况下，这几片连接不牢的木板倒是提供我们一个坚固的表面。

时近早上八点，发生了前所未有的新变故。上升运动霍然中止。木筏纹丝不动。

"怎么一回事？"我问，好像受到撞击而突然停止，我因而摇来晃去。

"暂停了。"叔叔答道。

"停止喷发了吗？"

"希望不是。"

我站起来，试图环顾四周。也许木筏被凸出来的岩石卡住，暂时抵挡了大量的喷发物。如果真是如此，我们就必须尽快摆脱木筏不可。

但是并非如此。火山灰、渣滓和碎石形成的柱子本身都停止上升。

"火山不会再喷发了吗？"我喊道。

"啊！"叔叔咬着牙说，"你怕啦，孩子。不过放心好了，这一刻的平静不会持续太久的。到现在已经过五分钟了，不久我们就会再次往火山口上升。"

教授这样说着，仍不断盯着计时器看，他的预测应该就要应验了。很快，木筏又开始迅速且不规则地动了起来，持续了约莫两分钟，又停了下来。

"好，"叔叔观察着时间说，"再十分钟它又会重新上路了。"

"十分钟？"

"对，我们这一座火山的喷发有间歇性，让我们跟它一起呼吸。"

果如其言。他指定的时间一到，我们又重新以追风逐电的速度被喷射出去。我们得死命抓住横木，才不会被甩出木筏外。接着晃动又停了。

这时我开始思考这个特殊现象，却找不到一个满意的解释。然而我觉得我们显然占据的并非主要的火山管，而是附属的管道，我们感受到的只是反冲力。

这样子的停停走走究竟发生了几次，我说不上来。我只能肯定每次重新上升时，我们就被一股愈趋强大的力量弹出去，简直像乘着火箭一飞冲天。在暂停的时间内，我们呼吸不过来；在喷射的期间，滚烫的空气又阻断我的呼吸。有一刻我想到忽然置身极北[1]地区零下三十摄氏度，令人畅爽的寒冷中。我亢奋的想象力在北极地区的雪白平原上游走，我在北极的玄冰地毯上打滚，自由吸气！渐渐地，这些反反复复的摇动晃得我昏头昏脑。要是没有汉斯的手臂，我的脑袋就会不止一次撞破在花岗岩壁上了！

　　于是我对接下来的几小时内发生的事，丝毫没有精确的回忆。我依稀感觉巨响不绝于耳，岩体躁动不安，木筏开始打旋。木筏在一阵火山灰雨中，随着岩浆波浪上下起伏。火焰轰轰隆隆，包围起木筏。好似宽阔的大风扇吹出来的飓风扇动了地底之火。汉斯的脸最后一次出现在火光中，我没有其他的感觉，只除了罪犯被绑在炮口，面临自己的肢体即将在开火后炸散在空中时的森然恐惧感。

---

1 极北（Hyperborea）是希腊神话中的一个传说国度，名称源自希腊的北风之神波瑞亚斯（Boreas），意思是北风之外。相传极北族人住在连北风都吹不到的极乐地区，寿长千年。

第四十四章

当我睁开眼睛，我感到猎人一只强壮的手紧紧搂着我的腰。他的另一只手撑着叔叔。我伤得不重，倒是浑身酸痛，不成人形。我看见自己躺在山坡上，离深渊只有两步之遥。那个深渊里的一丁点儿动静都能害我跌下去。汉斯在我滚下火山口侧的时候，救了我的命。

"我们在哪里？"叔叔问，在我看来他很气我们又回到地面上来。

汉斯耸起肩膀，表示不知道。

"冰岛吗？"我问。

"内。"汉斯答道。

"怎么不是？"教授高喊。

"汉斯搞错了。"我直起身子，说道。

历经旅途上无数离奇之后，还有更愕然的事正在等着我们。我预期在比最高纬度更远的北地荒漠当中，在北极苍白的天光之下，看见恒雪覆顶的圆锥山峰。但是与这些预测恰恰相反，叔叔、汉斯和我，我们躺在一座山的半山腰上。骄阳的热力炙烤着这座山，用它的烈焰吞食我们的眼睛。

我不愿相信我的眼睛，但是我切身感受到火蒸炭焙，不容许我质疑。我们几乎赤身裸体地从火山口出来，而我们这两个月来都没能一见的太阳，慷慨地献上日光和热气，将灿烂的光线一股脑儿往我们身上泼。

等我失去习惯的双眼适应光芒，我用眼睛纠正我想象力的错误。我希望我们至少人在史匹兹卑尔根岛，我可无意轻易放弃这个想法。

教授率先发话，他说："的确，这地方不像冰岛。"

"那就是在扬马延岛了吧？"我答道。

"也不是，孩子。这不是北方的火山，这里没有花岗岩山丘和覆雪的圆顶。"

"可是……"

"你看，艾克赛，快看！"

在我们头顶斜上方，不超过一百六十米之处，洞开着火山口，每十五分钟就蹿出高高的火柱，轰响震耳，火柱夹带了浮石、火山灰和熔岩。我感到山在震颤，它像鲸鱼呼吸一样，偶尔从鼻孔里喷出火焰和空气。下方喷发物广布，沿着颇为高峻的斜坡，铺展了两百多米长，显得火山并不及两百米高。山脚隐没在一筐筐绿树里，我辨认出这些绿树当中有橄榄树、无花果树，还有挂满了一串串朱红色葡萄的葡萄树。

我不得不承认，这不是北地的景观。

当视线越过这绿油油的围篱之后，很快就流连在一座令人叹为观止的大海或是湖泊中，这片水让这块迷人的土地有若一座宽不及几公里的小岛。东方可见一座小港口，前方立着几栋房屋，港口里一些形状特殊的船只随着蓝色波浪起伏摇摆。再过去，一群小岛从液体平原里钻出来，数量如此多，好似宽广的蚁穴。往西边的方向，偏远的海岸在地平线上形成一道圆弧，其中一座海岸上清晰可见几座构形和谐的蓝山。一座高入云霄的圆锥形山峦峙在其他比较远的海岸上，一缕烟在山顶上袅袅摇曳。北方则是浩瀚无际的海水在阳光下波光粼粼，处处可见桅杆顶或涨饱风而隆起的船帆。

这样的景色来得始料未及，更倍添了此地佳景的美妙。

"我们在哪里？我们在哪里？"我低声重复着。

汉斯不关己事地闭上双眼，叔叔看得一头雾水。

"无论这是什么山，"他终于说，"这里有点热。火山喷发不会停，实在没必要从火山里出来，又让岩石砸在脑袋上。我们还是下山吧，到时候就会知道我们人在哪里了。何况我又饿又渴，快死啦。"

教授还真不懂得欣赏。至于我，浑然忘了饥渴和疲惫，我还想继续留在这里好几个小时，但是我只能跟着伙伴走。

火山的山势陡峭，我们在火山灰坑里一步一滑，同时还得避开火蛇般横陈的熔岩流。在下山的一路上，我滔滔不绝地聊开，因为我的想象力太盈满，不吐不快。

"我们在亚洲，"我高喊，"我们在印度海岸上，我们在马来西亚的岛上，我们在大洋洲中！我们穿越了半个地球，来到欧洲的对跖点了！"

"那罗盘怎么说？"叔叔问道。

"对！罗盘！"我说，面现惭色，"如果相信罗盘的话，我们一直都是朝北方走。"

"所以它说谎了？"

"噢！说谎？"

"除非这里是北极！"

"北极！不是吧。可是……"

这当中发生的事无法解释。我只能想象。

我们走近这块赏心悦目的绿地。我饥渴难当。所幸走了两个小时以后，明媚的乡间景物呈现在我们眼前，橄榄树、石榴树和葡萄树遍野，看起来好像属于每个人。再说我们落到这步田地，也没什么好计较了。把鲜美的水果挤压在我们的唇上，咬着葡萄树上结实累累的葡萄，真有说不出的受用！我在不远处的草地里，一处清凉的树荫下发现冷冽的泉水，我们把脸、手浸入水中，感到非常舒服。

我们三人这样子享受休息的轻松惬意的时候，一个小孩子从橄榄树丛之间冒了出来。

"啊！"我喊道，"是这幸福国度的居民！"

那是一个破衣烂衫，体弱多病的小贫童。我们的样子似乎非常吓人。也难怪，我们衣不蔽体，胡子拉碴，脸色灰败，除非这个国家全是小偷，否则我们足以吓跑这里的每一位居民。

那个小孩撒腿开跑，汉斯赶了过去把他抓回来，也不管他又叫又踢。

叔叔先尽可能安抚他，然后以标准的德语对他说："小朋友，这座山叫什么名字？"

小孩不答腔。

"好，"叔叔说，"我们不在德国。"

接着他用英语再问一遍同样的问题。

小孩也没作声。我好奇起来。

"他是哑巴吗？"教授喊道。他用自己引以为傲的语言天分以法语再问一遍。

小孩同样沉默。

"我们来试试意大利语好了，"然后他用意大利语问，"我们在哪里？"

"对！我们在哪里？"我不耐烦地跟着问。

小孩还是不回答。

"喂！你会不会说话啊？"叔叔喊道，开始冒火了，他捏着小孩的耳朵摇晃他，"这小岛叫什么名字[1]？"

"斯特龙博利岛[2]！"这位小牧童一答完就挣脱汉斯的手，然后穿越橄榄树林，跑到平原去了。

我们压根儿没想到这座山！斯特龙博利！这个意想不到的名字触发了我的想象力，一发不可收！我们人在地中海上，在因神话而存留世人记忆中的埃奥利群岛[3]当中，在古岛斯特龙基利[4]里，那是埃俄罗斯驾驭风和暴风雨的地方。而东方那几座圆弧蓝山是卡拉布里亚[5]群山！矗立在南方地平线的火山正是凶恶的埃特纳[6]本尊。

"斯特龙博利！斯特龙博利！"我一再说着。

---

1 此处为意大利语Come si noma questa isola。
2 斯特龙博利岛（Stromboli）是位于西西里岛北边的火山岛，埃奥利群岛的其中一座，意大利三大活火山之一。
3 埃奥利群岛（Eolie）是位于西西里岛北边的火山群岛，名字取自风神埃俄罗斯（Aeolus）。
4 斯特龙基利（Strongyle）是斯特龙博利的古名。
5 卡拉布里亚（Calabria），意大利南部的一个地区。
6 埃特纳火山（Etna）位于西西里岛东岸，是欧洲著名的活火山。

叔叔又动又说地为我伴奏，我们看起来就像在合唱！

啊！好一场旅行！好一次美妙的旅行！我们从一座火山进去，从另一座出来，而这另一座距离斯奈佛斯，离冰岛这个被抛到世界尽头的干燥国家四千八百公里以上。这趟旅程的机缘巧合把我们带到地球上最和谐的地区！我们离弃恒雪极地，来到翠色浓重的地区，把苦寒之地的灰雾抛在脑后，回到西西里蔚蓝的晴空下！

吃完一顿由水果和清凉的泉水组成的美味餐点之后，我们上路，前往斯特龙博利港。老实吐露我们是如何抵达岛上的，恐怕不太安全：意大利人天生迷信，准会把我们看成地狱吐出来的恶魔，所以得让他们以为我们只是遇上船难的普通人。这么说虽然有些自堕威风，却比较保险。

半路上，我听见叔叔念念有词："可是罗盘，罗盘指着北方呀！这该如何解释呢？"

"我说啊！"我一副不屑的神气，"别费神解释了！"

"那怎么行！堂堂约翰学院的教授，竟然解释不了一个宇宙现象，实在太可耻了！"

说着说着，腰间挂着皮钱包、半裸的叔叔扶了扶鼻子上的眼镜，又变回那个横眉瞪眼的矿物学教授了。

离开橄榄树林一个小时后，我们抵达圣温琴佐港，汉斯索取他第十三周的工资，叔叔支付的时候还热情地握他的手。

这一刻，就算汉斯不像我们那样自然而然真情流露，他也至少放任自己做了一个非同寻常的动作，表达他的情感。

他用指尖轻压了我们的手，绽开笑容。

第四十五章

这就是故事的结局，凡事不以为奇的人一定不会相信这个故事。不过我早已习惯了人性的多疑。

斯特龙博利渔民带着敬意，迎接我们这群劫后余生的人。他们送衣物和粮食给我们。经过四十八小时的等待，一艘小型沿海船在8月31日载我们到墨西拿，我们休息了几天，从疲惫劳瘁中恢复过来。

9月4日星期五，我们登上法国皇家运输公司的邮船之一"沃尔图诺号"，三天后，我们在马赛靠岸，心里只有一个悬念，就是我们那个该死的罗盘。这件无法解释的事着实伤透我的脑筋。9月9日晚上，我们抵达汉堡。

玛特如何震愕，美丽的歌洛白又是如何欣喜若狂，我就按下不表了。

"现在你是个大英雄了，"我亲爱的未婚妻对我说，"你再也不必离开我了，艾克赛！"

我看着她又哭又笑。

李登布洛克教授的归来是否在汉堡闹得满城风雨，留待各位去细想了。多亏玛特口风不紧，叔叔离家前往地心的消息传遍世界，但不信邪的人见到教授也未必就此相信。

然而汉斯的现身以及冰岛传过来的各项消息，逐渐改变了大众的看法。

于是叔叔变成伟人，而我成为伟人的侄儿，这已经非常了得。汉堡设宴为我们洗尘。约翰学院举办了一场对民众开放的座谈会，教授叙述这趟远征的种种，唯独不提与罗盘有关的事。同一天，他把萨克努森的秘密文件交予汉堡的档案馆，还表达了他强烈的悔憾，人算不如天算，他没能循着冰岛学者的足迹直到地心。他虽然荣耀加身，却依旧谦逊，声名又更加显赫了。

树大必然招风。确实如此，由于他有凭有据的理论与地热说的系统两相抵触，因此他借由笔和舌头，与各国学者进行了多次引人注目的辩论。

至于我，尽管大开了眼界，我仍是无法认同他的冷却理论，我坚信地热说，而且未来也会一直这么相信。但是我承认某一些还难以定论的情况，可以在自然现象的作用下，改变这个定理。

就在这些问题沸沸扬扬的时候，叔叔尝到了别离那令人黯然神伤的滋味。他虽然再三挽留，汉斯仍是离开了汉堡。我们亏欠他那么多，他却不肯让我们偿债。他对冰岛充满思乡之情。

"法尔别[1]。"有一天，他对我们简单话别了这一句，便前往雷克雅未克，也安全抵达了那边。

我们特别想念我们勇敢的绒鸭猎人，他虽然不在身边，却让我们这些受过他救命之恩的人永生难忘，而且我很确定死前一定

---

1 farval，意为"告别"。

会再见他最后一次。

在搁笔终卷之前，我得补充这本《地心游记》在全世界造成了巨大轰动。它被印刷、翻译成各种语言。最具公信力的报纸争相刊登主要的桥段，在信者与不信者的阵营中，引起评述、讨论，并受到双方同样热烈的抨击及辩护。这种事真是罕见！叔叔有生之年都享受着他获得的各项荣耀，就连巴纳姆先生都来提议要在美利坚合众国"展示他"并报以厚酬。

但是唯一的烦恼，甚至可以说是折磨，悄悄溜进荣耀之中。有一件事依然悬而未决，那就是罗盘。对一名学者而言，无法解释的现象变成对智慧的磨难。结果呢，老天爷希望让叔叔终身欢乐。

有一天，我在他的书房整理一批矿石，我注意到那个问题罗盘，于是我开始观察它。

罗盘放在那里已经半年，它待在角落里，丝毫没有料到自己引起多大的烦恼。

忽然间，我震愕不已！我骇叫了一声。教授闻声跑了进来。

"怎么了？"他问。

"罗盘！"

"罗盘怎么样？"

"它的指针指着南方，不是北方！"

"你说什么？"

"您看！它的南北极变了。"

"真的变了！"

叔叔瞧了瞧，比较比较，然后一跃而起，震得整栋屋子撼了撼。

我们的脑子同时咔嚓一亮！

"所以说，"他一恢复说话能力就喊道，"我们抵达萨克努森岬后，这该死的罗盘就指着南方而不是北方了？"

　　"显然是这样。"

　　"那我们的错误就说得通了。可是什么现象会造成南北极反转呢？"

　　"这还不简单？"

　　"你解释看看，孩子。"

　　"我们在李登布洛克海上遭遇暴风雨的时候，那个吸引木筏上的金属电球改变了我们罗盘的指示方位，就这么简单！"

　　"啊！"教授喊了一声，开怀大笑，"所以是电摆了我们一道啰？"

　　从这一天起，叔叔成了最快乐的学者，我则是最快乐的男人，因为我的歌洛白卸下教女的身份，晋升为国王街上那栋屋子里的侄女和娇妻。不用多说，她的叔叔就是卓异的奥图·李登布洛克教授，五大洲各科学、地质、矿物学会的通讯会员。

欢迎您从《凡尔纳科幻经典》走进 读客三个圈经典文库

亲爱的读者，感谢您选择读客三个圈经典文库。

我们的封面统一使用"三个圈"的设计，读者可以凭借封面上形式各异的"三个圈"找到我们，走进经典的世界。

你想成为什么样的人？

对你来说什么是重要的？

这个世界应该是什么样子？

我们在生命中遇到的这些问题，或许可以在浩如烟海的文学经典中找到答案。

跟随读客三个圈经典文库，认识世界、塑造自我，成为更好的人！

《漫长的告别》　《西西弗神话》　《人间失格》　《人类群星闪耀时》　《鼠疫》

《小王子三部曲》　《局外人》　《月亮与六便士》　《基督山伯爵》　《罗生门》

读客三个圈经典文库

精神成长树

你想成为什么样的人？
对你来说什么是重要的？
这个世界应该是什么样子？

我们在生命中遇到的问题，每个时空的人都经历过，一些伟大的人留下一些伟大作品，流传下来，就成了经典。正是这些经典，共同塑造并丰富着人类的精神世界。

我们重新梳理了浩若烟海的文学经典，为您制作了精神成长树。跟随读客三个圈经典文库，汲取大师与巨匠淬炼的精神力量，完成你自己的精神成长！

树干：

不同的精神成长主题，您可以挑选任意感兴趣的主题进行深入阅读

例如：
寻找人生意义
探索自己的内心
拥有强大意志力
理解复杂的人性
⋯⋯⋯⋯

枝丫上的果实：

我们为您精选的经典文学作品

精神成长树示意图

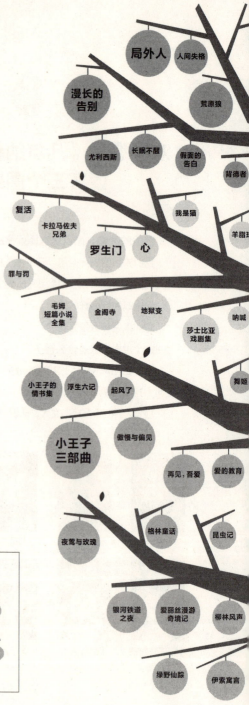

局外人　人间失格
漫长的告别　荒原狼
尤利西斯　长眠不醒　假面的告白　背德者
复活　我是猫　羊脂球
卡拉马佐夫兄弟
罗生门　心
罪与罚
毛姆短篇小说全集　金阁寺　地狱变　呐喊
莎士比亚戏剧集
舞姬
小王子的情书集　浮生六记　起风了
小王子三部曲　傲慢与偏见
再见，吾爱　爱的教育
格林童话　昆虫记
夜莺与玫瑰
银河铁道之夜　爱丽丝漫游奇境记　柳林风声
绿野仙踪　伊索寓言

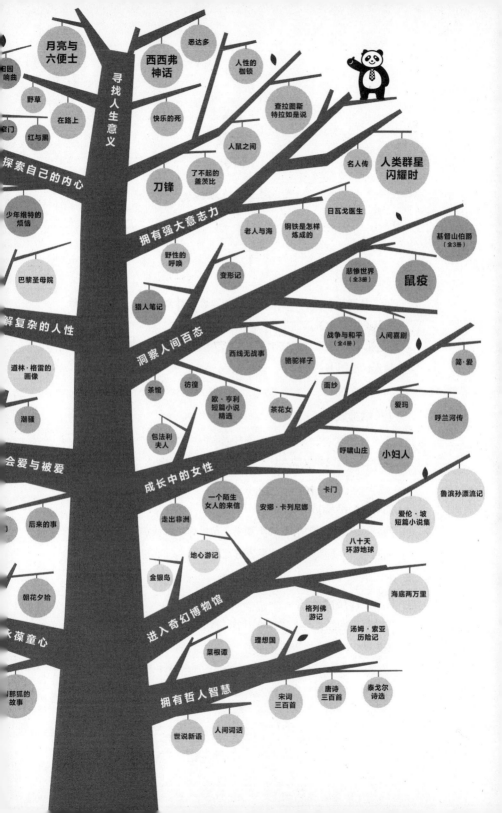

月亮与六便士

悉达多

西西弗神话

人性的枷锁

阳园响曲

寻找人生意义

野草

快乐的死

查拉图斯特拉如是说

在路上

名人传

人类群星闪耀时

红与黑

人鼠之间

探索自己的内心

刀锋

了不起的盖茨比

日瓦戈医生

基督山伯爵（全3册）

少年维特的烦恼

拥有强大意志力

老人与海

钢铁是怎样炼成的

野性的呼唤

巴黎圣母院

变形记

悲惨世界（全3册）

鼠疫

猎人笔记

解复杂的人性

洞察人间百态

西线无战事

战争与和平（全4册）

人间喜剧

简·爱

道林·格雷的画像

茶馆

彷徨

骆驼祥子

面纱

爱玛

潮骚

欧·亨利短篇小说精选

茶花女

呼兰河传

包法利夫人

呼啸山庄

小妇人

会爱与被爱

成长中的女性

一个陌生女人的来信

安娜·卡列尼娜

卡门

鲁滨孙漂流记

后来的事

走出非洲

爱伦·坡短篇小说集

地心游记

八十天环游地球

朝花夕拾

金银岛

海底两万里

进入奇幻博物馆

格列佛游记

汤姆·索亚历险记

水葆童心

菜根谭

理想国

那狐的故事

拥有哲人智慧

宋词三百首

唐诗三百首

泰戈尔诗选

世说新语

人间词话

激发个人成长

多年以来，千千万万有经验的读者，都会定期查看熊猫君家的最新书目，挑选满足自己成长需求的新书。

读客图书以"激发个人成长"为使命，在以下三个方面为您精选优质图书：

1. 精神成长

熊猫君家精彩绝伦的小说文库和人文类图书，帮助你成为永远充满梦想、勇气和爱的人！

2. 知识结构成长

熊猫君家的历史类、社科类图书，帮助你了解从宇宙诞生、文明演变直至今日世界之形成的方方面面。

3. 工作技能成长

熊猫君家的经管类、家教类图书，指引你更好地工作、更有效率地生活，减少人生中的烦恼。

每一本读客图书都轻松好读，精彩绝伦，充满无穷阅读乐趣！

认准读客熊猫

读客所有图书，在书脊、腰封、封底和前后勒口
都有"读客熊猫"标志。

两步帮你快速找到读客图书

1. 找读客熊猫

2. 找黑白格子

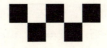

图书在版编目（CIP）数据

地心游记 / (法) 儒勒·凡尔纳著；张乔玟译. ——
南京：江苏凤凰文艺出版社，2018.9（2022.7重印）
（凡尔纳科幻经典）
ISBN 978-7-5594-2512-6

Ⅰ.①地… Ⅱ.①儒… ②张… Ⅲ.①科学幻想小说
－法国－近代 Ⅳ.①I565.44

中国版本图书馆CIP数据核字（2018）第152450号

地心游记

［法］儒勒·凡尔纳 著　　张乔玟 译

责任编辑	丁小卉	姚　丽
特约编辑	闻　芳	周量航
装帧设计	读客文化	021-33608311
责任印制	刘　巍	江伟明
出版发行	江苏凤凰文艺出版社	
	南京市中央路165号，邮编：210009	
网　　址	http://www.jswenyi.com	
印　　刷	河北鹏润印刷有限公司	
开　　本	890 毫米 × 1270 毫米　1/32	
印　　张	9	
字　　数	193 千字	
版　　次	2018 年 9 月第 1 版	
印　　次	2022 年 7 月第 2 次印刷	
书　　号	ISBN 978-7-5594-2512-6	
定　　价	338.00元（全9册）	

江苏凤凰文艺版图书凡印刷、装订错误，可向出版社调换，联系电话：010-87681002。